U0460449

长安新语

欣丝路 / 著

西 安 出 版 社

图书在版编目（CIP）数据

长安新语 / 欣丝路著. — 西安：西安出版社，
2018.1（2022.12重印）
ISBN 978-7-5541-2961-6

Ⅰ.①长… Ⅱ.①欣… Ⅲ.①评论性新闻—作品集—
中国—当代 Ⅳ.①I253

中国版本图书馆CIP数据核字(2018)第023510号

长安新语
Chang'an Xinyu

作　　者：欣丝路
文字来源：西安日报社
项目统筹：屈炳耀
策划编辑：史鹏钊
责任编辑：张增兰　范婷婷　李　丹
责任校对：陈　辉　王玉民　曹婉茹
装帧设计：朱丹萍
排版设计：纸尚图文设计
出版发行：西安出版社
　　　　　（西安市曲江新区雁南五路1868号影视演艺大厦11层）
印　　刷：廊坊市印艺阁数字科技有限公司
开　　本：787mm×1092mm　1/16
印　　张：20
字　　数：207千
版　　次：2018年1月第1版
印　　次：2022年12月第2次印刷
书　　号：ISBN 978-7-5541-2961-6
定　　价：98.00元

△ 读者购书、书店添货或发现印装质量问题，请与本公司营销部联系、调换。
　电话：（029）85234426

为深入贯彻落实习近平总书记"追赶超越"定位和"五个扎实"要求，围绕市委、市政府中心工作，营造浓厚追赶超越舆论氛围，凝聚提振追赶超越精气神，推动我市进一步解放思想、改革创新，开创各项工作新局面，《西安日报》推出《长安新语》栏目。栏目文章短小精悍，开门见山，直面问题，回应关切，倡导求真务实、勇于创新的清新之风。

CONTENTS 目录

我们是"五星级服务员"

（二〇一六年十二月十九日）

到五星级酒店，大家都有一种体验，就是服务好、标准高，让人心情愉悦。作为公职人员，为民服务是天职，我们都是人民的服务员，不仅要为民服好务，还要比五星级酒店做得更好、更到位，争做全心全意服务人民的"五星级服务员"。

当好"五星级服务员"，要有全心全意为人民服务的政治情怀。习近平总书记指出："我们讲宗旨，讲了很多话，但说到底还是为人民服务这句话。"每一个党员在自己的岗位上谋事干事，就得真正把群众装在心里、倾情投入、心无旁骛。只有心里有了百姓，工作才有底气，才能提高服务群众、服务大局的能力。

当好"五星级服务员"，要有零距离走进群众的服务意识。为人民服务的宗旨能否落到实处，关键要看党员领导干部能不能深入群众。知屋漏者在宇下，知政失者在草野。党员领导干部要到基层去、到一线去、到群众中去，深入了解群众所思所想、所盼所愿，回应关切，心向下沉、脚向下走、力向下使，真正融入群众，用暖心的话、实在的情，给群众提供更高更优的服务，用服务彰显价值。

当好"五星级服务员"，就要崇尚实干、跑步前进，真正走实"最后一公里"。说易行难，如果只说不做，或者摆摆样子，"为人民服务"就成了一句空话。我们的五星级服务，要让群众"事有地方办、困难有人帮、问题有人管"，帮群众解决问题事不过夜，马上就办、上门办、主动办。要大兴干事文化，强化责任担当，一天当作两天用，怀揣让百姓满意的赤子情怀，永葆只争朝夕的精神状态。

努力成为"五星级服务员"，旨在为民、重在办事、成于务实，这就是检验我们工作成效的标尺。

奔跑吧，西安

（二〇一六年十二月二十一日）

看大唐仕女图，大家都会有一种强烈的感受，即自信、大气、热情、开放、豪迈的盛唐气象，被展现得淋漓尽致。为什么会有这种感受？"忆昔开元全盛日，小邑犹藏万家室"，大唐是古代盛世的代表，唐长安城是一座开放而伟大的国际化大都市，生活在那个时代的大唐仕女，自然会浸染上盛唐的精气神。

对西安来说，大唐的辉煌与灿烂，唐长安城的开放与大气，是永远的荣光。但是，要重拾辉煌，要重塑长安城自信自豪、开明开放的城市精神，却并不是件简单的事情，需要我们在城市竞争的赛道上，敢为人先，拿出先人的良好状态，以奔跑的姿态，将习近平总书记对陕西追赶超越的科学定位和殷切期望理解好、落实好、实践好。

追，就是比对目标，寻找差距，奋起直追。追赶就要能豁出去，懒惰不得，敷衍不得，小脚老太的步子、萎靡不振的状态，撑不起西安发展的需求。

赶，就是紧咬先进，补齐短板，迎头赶上。要迎头赶上，就必须按照五大发展理念，进一步解放思想，创新发展模式、提升发展质量，实现可持续的发展。

超，就是出类超群，优势领域，敢争第一。要勇于弯道超车，出类超群，就必须打破各种条条框框，着力培育优势产业、高新技术产业、战略性新兴产业，形成一大批能够承载西安大突破、大发展、大跨越的"尖刀"新产业。

越，就是超越他人，追求卓越，引领风骚。只有紧紧抓住丝绸之路经济带新起点的历史机遇，让自己的思想和身体都奔跑起来，我们才有可能在城市竞赛中胜出，打造内陆开放新高地。

追赶超越是城市发展的永恒主题。发达地区都在奔小康的路上，大家都在跑。逆水行舟，不进则退！我们需要吹响奔跑的集结号，用马拉松的韧劲及毅力，大踏步向前，共同创造西安的美好明天。

品质西安的内涵

（二〇一六年十二月二十三日）

　　"城市让生活更美好。"这是人们耳熟能详的一句格言，这句话深刻揭示了一个道理：城市是服务于人们的美好生活的，是要让生活在城市里的人能够感受美好，而不仅仅只是我们平日里看到的钢筋水泥森林。

　　为了让西安市民有更美好的生活，有更多的获得感和幸福感，市委市政府提出建设"品质西安"。那么，品质西安的内涵究竟是什么呢？

　　习近平总书记在陕西视察时提出"五个扎实"，其中之一是"扎实做好保障和改善民生工作"；中央提出的五大发展理念，其中一个就是共享发展，民生方面要共建共享，要让更多的老百姓享受到西安发展的成果。

　　不难看出，"品质西安"并不复杂，最重要的内涵就是民生，就是落实以人民为中心的发展思想的西安实践。以群众呼声为第一信号，以群众利益为第一追求，以群众满意为第一标准。要以群众的所思所需、所期所盼为出发点，多为百姓办好事、实事，比如破解上学难、就业难收入低、看病难看病贵、出行停车难、清洁卫生难、住房难、办事难、养老难等等。

再进一步说，建设品质西安，就是要让老百姓孩子上学不难，上学不远；医疗服务质量要上去，看病费用要下来……要努力实现有更好的教育、更满意的收入、更可靠的社会保障、更高水平的医疗卫生服务、更舒适的居住条件、更便捷的交通出行、更舒心的生活环境、更好更多的养老设施，用新的目标、新的力度破解民生难题。

建设品质西安，要牢记习近平总书记提出的"保障和改善民生没有终点，只有连续不断的新起点"的告诫，带着感情、带着关怀、久久为功、持之以恒破解民生之难，做到破解民生之难为人民、破解民生之难靠人民、破解民生之难成果由人民共享、破解民生之难成效让人民检验。

用追赶超越之力，解民生问题之难，建品质西安之城，让每一件民生工作与老百姓见面、对账，实实在在为群众解难题、做好事、办实事，是我们建设品质西安的根本所在，是我们永远的责任与义务。

烟头不落地　西安更美丽

（二〇一六年十二月二十八日）

　　与人交往，第一印象很重要。对城市而言，也是如此。"烟头不落地"，就是为了打造干净、整洁、舒适的城市环境，改善旅游和投资环境，让西安有颜值、有内涵、有形象。

　　烟头不落地，抓的是小事，着眼点是成大事。良好的环境既是一个城市的形象和品牌，也是吸引投资、扩大开放的重要因素，这是大事。营造一流环境，需要"大动作""大手笔"，也要多积尺寸之功，善于从小事抓起，重实干。不会做小事的人也做不成大事。我们要把握"大"和"小"的辩证法，从一点一滴着手，包括从捡拾小小的烟头做起，积小胜为大胜，就能下好环境建设这步"先手棋"。

　　烟头不落地，抓的是细节，要求的是抓落实责任感。小烟头大问题，城市治理是否到位能够反映干部作风扎不扎实，责任感强不强。党员领导干部要克服"过得去""还凑合"心态，亲自带头，主动上街捡拾烟头，清理垃圾，整治环境，

王永康书记在西安城墙上捡烟头

这样才能微风化雨，引领社会风尚，当好旗帜和标杆。

烟头不落地，说的是市民文明习惯，倡导的是自觉意识。生活在这座城市里的人应该热爱城市，热爱城市就要从身边的小事做起。爱护城市环境，就像在家里做家务一样，把家里收拾干净整洁是令人愉快的。捡烟头只是一个载体，通过这一举动，焕发每一个市民以城为家的热情，增强群众建设文明城市的参与感和获得感。

烟头不落地，只是一个小小的起点，推动城市发展是长远目的。小烟头展示的是形象，折射的是理念——珍视生态、精细化管理、高标准服务。我们要强化长治思维，探索常态化手段，创新长效化机制，实现由"捡烟头"到"不扔烟头"到"消灭烟头"的跨越，由点到线到面，把我们的城市建设管理得更好。

"烟头不落地"，我们要以此为切入点，在城市治理上多下功夫，打造清洁卫生之城，让西安更加美丽。

抓落实要事不过夜马上办

（二〇一七年一月三日）

最近我一直想，走上追赶超越赛道的西安应该怎么干？要"撸起袖子加油干"。只有认识到我们同发达城市、同兄弟城市的差距，不满足现状，狠下决心，苦干实干拼命干，我们才有资格说追上赶上，才有底气给群众说在哪些点上、哪些领域上超过越过。

也就是说，西安必须跑出加速度。赛道上，对手都在向前奔跑，你跑不出比对手更快的速度，没有比对手更坚定的求胜欲，凭什么赶超人家？但是，我们有些干部却还习惯于"一慢二看三通过"，嘴上虽然喊着"追赶超越"，真正干起工作来，心动不行动！还是疲惫拖沓、有气无力！

习近平总书记指出，如果不沉下心来抓落实，再好的目标、再好的蓝图也只是镜中花、水中月。不管是谁，都不要想着给自己"留后路"，不要总想着混日子，西安追赶超越的发展大局我们耽搁不起，一定要用事不过夜的精神，把各项工作贯彻好、落实好。

天上不会掉馅饼。抓落实要事不过夜绝不是空口白话，而是强调一种奋发向上、不甘人后的精神。我们干工作坚决不能有暮气，不能有得过且过的心思，一定要打起精神，殚精竭虑，苦干实干拼命干，一心一意谋发展。

抓落实要事不过夜绝不是说说就完，而是强调一种遇事马上就办、活力四射、奋勇争先的氛围。想想看，如果每个单位都做到马上办，人人都敢于争先，事事都不甘落后，个个都干劲儿十足，西安何愁不能实现大跨越、大发展？工作上没有紧迫感、急切感，不能主动融入奋勇向前、真抓实干的氛围中，不能让自己和团队"嗷嗷叫"，党和人民就只能请你让出位置，回家抱孩子。

我们不能辜负时代赋予的良好契机，要让古老的城墙见证我们与时俱进的步伐，夙兴夜寐，真抓实干，将抓落实要事不过夜马上办的精神全面融入每个人的工作中，我们才能书写追赶超越的精彩篇章，才能塑造西安的辉煌成就。

不要在最好的位置上睡觉

（二〇一七年一月六日）

《不要在最好的位置上睡觉》是《人民日报》曾发表的一篇评论。这个标题引人深思、过目难忘，每次重读都有新的感触。

什么是"最好的位置"？在西安八办，保存着 1938 年 11 月刘少奇同志起草《论共产党员的修养》初稿时说过的一句话："每个共产党员都要做'只见公仆不见官'的模范党员。"习仲勋同志也给党员干部讲过四句话：第一句是"把屁股端端地坐在老百姓的这一面"；第二句是"不当'官'和'老爷'"；第三句是"走出'衙门'，深入乡村"；第四句是"当好西北人民的忠诚勤务员"。

朴素的话揭示了一个真谛，只要是把岗位用来干事，干服务百姓、服务城市之事，这个位置就是"最好的位置"。特别是区县委书记、区县长和各级局长，是党派在这里"站岗放哨"的，都在加快西安发展的重要岗位上，如果离开了现在的位置，任何远大理想也都实现不了！要珍惜这个干事创业的最好岗位，在岗更要在状态，撸起袖子加油干！

古语讲，"一日三省"。我们每一位党员干部都应经常问一问：我是否做到了今日事今日了，"事不过夜"？我把今天事是否干到了最好？在我这个岗位上，历史上谁干得最好？和先进比我还存在哪些不足、有多大差距？如果人人都能踏实干事、忠诚服务，就会把自己的位置干成"最好的位置"。

反之，如果不作为、慢作为、懒作为，得过且过"混日子"，甚至乱作为，就只会把位置干成自己的"滑铁卢"。

我们说，党员干部不要在"最好的位置"上睡觉，但现在还有人一遇事就犯困，这种干部要么是能力不足，要么是没有把心思用对地方。对能力不足的要督促他加强学习、提高能力；对思想抛锚的要让他提神醒脑，把心思用到正向上；对反复叫不醒的，让他换位置、腾板凳。还要注意一种现象，那就是有个别人嘴上清醒、行动上睡觉，有态度没行动，这种干部不是没能力，而是缺干劲，要加强监督，用制度和纪律的重锤敲醒他，让其猛醒，跟上节奏。

珍惜岗位，忠诚服务，在能干事的"最好的位置"干出实实在在的业绩，是每位党员干部应该永远葆有的精神品质。

知行合一看行动

（二〇一七年一月九日）

屠格涅夫笔下的罗亭，被列宁称为"语言的巨人，行动的矮子"，我们在日常工作中也经常会遇到这样的人，他们说起想法滔滔不绝，干起事情却嘴上一套实际一套。显而易见，心动不行动，知行不合一，表态再怎么坚决，都只能是形式，必须坚决反对！

是否知行合一，不是小事情，而是讲政治的重要体现。习近平总书记曾指出，"知是基础、是前提，行是重点、是关键，必须以知促行、以行促知，做到知行合一"。如果不能做到知行合一，如果不能一口唾沫一个钉，又该如何体现你对组织的忠诚呢？我们又凭什么相信，共产党员的理想与信念真正在你心灵深处扎根发芽了？

是否知行合一，不是小事情，还关系着党和政府的权威与公信力。我们党的根本宗旨是为人民服务，要想为人民谋福利，让人民满意，就必须"言必信，行必果"，既要想到更要做到，既要表态更要行动，决不能坐而论道，"嘴到腿不到"，不但会耽误了发展大局，也会严重损害党和政府的权威与公信力。

"衙斋卧听萧萧竹，疑是民间疾苦声。"以人民为中心的发展思想，决定了我们的工作必须要扎实再扎实，认真再认真，必须要事不过夜马上办。

全市每位党员干部都应该扪心自问：我是否做到了知行合一，是否能够立行立改？我在落实工作的过程中，有没有光说不练，成为语言的巨人、行动的矮子？如果有，要立刻对照标准，认真反思，坚决改正；如果没有，要继续保持，继续发扬。

"实践是检验真理的唯一标准"，有没有知行合一，有没有用心干事，有没有认真负责，都能从各项工作落实推进的效果中体现出来。组织和群众的眼睛是雪亮的，任何人都不要心存侥幸。

"店小二"的作风

（二〇一七年一月十一日）

最近，留意到一则新闻。杭州滨江为进一步激发创新企业的热情，在服务企业上做到了"不叫不到、随叫随到、服务周到"。眼下，"店小二"已经成了咱们很多干部的常用语，在我看来，这"三到"理念就是"店小二"作风的核心要义。

"三到"带来的实际成效是："小块头"的滨江，去年实现 GDP875 亿元，增长高达 13.5%；地方财政收入 125 亿元，增长 18.6%；固定资产投资 282 亿元，增长 25%，遥遥领先浙江和全国。在全国 100 多家高新区综合实力排名中，滨江跻身"第一方阵"。

追赶超越，就是要对标先进城市和发达地区，向它们看齐，和它们比较。主要是看啥？比啥？我认为，首先要看精神状态，比的是干事作风。为什么有的事情"杭州可以办，西安办不了"，有的项目"别人办得快，西安办得慢"？固然，这里面客观原因不少，但如果在一些干部身上查摆，都可以在作风问题上寻到根源。

"三到"的优质服务,不是风吹来的,也不是自动生成的。如何做到"不叫不到"?就是不添乱不找事,让企业专注于自我发展。怎能确保"随叫随到"? 企业遇到问题,政府要第一时间上门服务,善始善终精准对接。怎么做到"服务周到"?那就要态度好,按五星级标准,还要把工作任务精细到人,具体到天,"办成事、办好事"。

当前,城市竞争面临的形势对服务提出了更高的要求。还迷恋朝九晚五喝茶看报,指望四平八稳混日子,这些不合时宜的想法要赶紧丢掉!在改革浪潮里中流击水,每个人都要把自己摆进去,在职责范围内叫得应、做得好,碰到麻烦顶得上、抓得好,对那些阻碍发展的条条框框敢突破、思进取。

责任有了,能力有了,作风有了,我们就会离"店小二"的要求越来越近,就能让更多的企业、人才、资金、技术、项目在西安留得住、做得大、做得强。

从城墙变为"无烟景区"说起

（二〇一七年一月十三日）

最近有人告诉我，古老的城墙上下，灯更亮了，草篱更绿了，步道花径愈加整洁，干净得连一个烟头都找不到了，"烟头不落地，西安更美丽"的美好愿景，在城墙上下初见成效。不过，媒体同时也曝光了省委、省政府周边区域的环境卫生仍然存在问题，地上还有不少烟头。

曲江新区和城墙景区之所以能够交上一份还不错的答卷，原因在于他们能够全面动员，主动寻找差距，对包括乱扔烟头、果皮、纸屑在内的各种不文明行为进行系统化对标、系统整治；同时，他们还建章立制，率先在全市树立了操作性很强的"无烟景区"系列准则和实施标准。这似乎说明，"烟头不落地"的美好愿景并不像很多人想象的那么难！

常言道，知易行难，但在"烟头不落地"上，却是"知难行易"：随手捡起烟头、不乱丢烟头，就是一瞬间、一个念头的事情，可很多人做不到，因为思想上小看这个事情，满不在乎。所以，我们先得树立起"小事不小"的观念，观念变了，事情就好做多了。如果做不好，只能是认识不到位、落实不到位。

城墙上下为什么短时间就变化明显？一则，思想上重视了，观念到位了；二则，拿出了章程，定出了规矩，并一路坚持；三则，众人齐遵守，游客在工作人员带动下，自觉不扔烟头，自觉捡拾烟头，形成大家一起捡的氛围，营造了一个好环境。当然，不排除以后会有反复，但不要怕，"破窗效应"下，每个人都有乱丢烟头、乱扔垃圾的冲动，可当我们把"破窗"修好，擦洗得锃亮锃亮的，谁还好意思乱丢？

"烟头不落地"看起来只是个小事情，却反映了城市"大文明"，丝毫马虎不得。"不积跬步，无以至千里"，如果我们连"小事情"都做不好，又如何能够干出"大事业"？我相信，只要我们咬紧目标坚持下去，西安的环境面貌一定会有一个巨大的变化，西安的文明素养也一定会有质的提升。

要用干部的"痛苦指数"
换取百姓的"幸福指数"

（二〇一七年一月十六日）

最近一段时间，时不时听一些干部在"诉苦"：为什么整天忙得脚不沾地，一心扑在工作上，却还是会听到各种各样的非议声，感觉有些伤心难过，"幸福指数"极低，轻松而安逸的日子什么时候才会有呢？

这种心情可以理解，但既然选择了公务员这个职业，既然选择了将为人民服务作为一生的事业，那么，就要有受委屈、听骂声、"不幸福"的思想准备，就要有在骂声中奋斗、在骂声中成长的觉悟——因为"梅花香自苦寒来"，日常工作中的"大痛苦"，恰恰是事业成功的催化剂、助推器。

感觉自己"幸福指数"很高的干部，一定是不干事的干部，可不干事又叫什么干部呢？干部干部，只有干事情才能叫干部。干才是马克思主义，干才是社会主义，干才能实现追赶超越的宏伟目标，就像习近平总书记所强调的那样，"空谈误国，实干兴邦"。

今天的干部，无法回避的现实是，自己的痛苦就是群众的幸福；或者说，如果干部的"幸福指数"很高，那么非常不幸，群众的"痛苦指数"一定也很高。换言之，只有干部干得痛苦，苦干实干拼命干，群众才会幸福，因为不干就没有城市的发展，就没有民生的改善。因此，我们要有以自己的痛苦换取群众幸福的意识、自觉和准备。

比如，我们不断强调要做人民的"五星级服务员"，要有"店小二"的服务意识，可不管是"服务员"还是"店小二"，肯定得"嘴勤腿勤"，肯定得"眼明手快"，肯定得能吃苦能受委屈，否则，哪里会有"五星级服务"呢？

艰难困苦，玉汝于成。希望全市广大党员干部，紧紧抓住改革攻坚、转型升级、追赶超越的历史机遇，充分发扬"干"字当头的精神，苦干实干拼命干，用日常工作中的"大痛苦"，换取城市百姓的"大幸福"、大未来，赢得人生的"大口碑"。

大道至简，西安人民不断攀升的"幸福指数"，根本上取决于我们各级干部自我加压、自找罪受的"自觉指数"和"痛苦指数"。

让我们不停地向前奔跑，痛并快乐地奔跑，跑向城市美好的明天！

用心用情做好老干部工作

（二〇一七年一月十八日）

前不久，习近平总书记对全国老干部工作作出重要指示，要认真学习先进典型，用心用情做好老干部工作。这充分体现了以习近平同志为核心的党中央对广大老同志的尊重关心，对老干部工作的高度重视，为做好新形势下老干部工作提供了基本遵循、注入了强大动力。

"用心用情做好工作"，这既是工作思路，也是工作态度，更是工作方法。老干部工作是一项需要付出、需要奉献的重要工作。所谓"用心"，就是要保持"店小二"的作风，和风细雨、润物无声地做好老干部工作；所谓"用情"，就是保持一颗爱心，以"五星级服务员"的标准，对老干部嘘寒问暖，为老干部排忧解难，向老干部虚心求教，使老干部工作更加符合时代要求、契合老干部的期待。

"用心"为老干部当好"店小二"。对老干部工作要用心把握、用心体会、用心去做，"不叫不到，随叫随到"。

"不叫不到"不是不管不问，而是随时关心老干部，既掌握他们的生活状况，又不打扰他们的具体生活，当他们有需求时能够"随叫随到"，不叫也到，第一时间解决他们的困难，满足他们的需求。

"用情"为老干部付出真诚爱心。带着爱心工作，是大兴干事文化的前提和基础，爱心要体现在珍惜岗位、忠诚履职上，"为长者折枝，是不为也，非不能也"。只要我们带着真挚的情感去亲力亲为，以五星级的标准付出爱心、忠诚职责、主动作为，就能把老干部工作做得更好。

老干部是我们党执政兴国的重要资源、宝贵财富，老干部工作是我们党建设的一大特色、光荣传统。老干部"胡子里长满故事"，心灵中充满忠诚，爱护老干部就是爱护党的宝贵财富，尊重老干部就是尊重党的光荣历史，学习老干部就是学习党的优良传统和作风，重视发挥老干部作用就是重视党的重要政治资源。

西安追赶超越、建设国际化大都市，迫切需要调动包括广大老干部在内的各方面积极性，从这层意义上说，用心用情做好老干部工作大有可为、大有作为，"莫道桑榆晚，为霞尚满天"。

最多跑一次

（二〇一七年一月二十日）

最近了解到，浙江省提出让群众和企业到政府办事最多跑一次，从与企业和群众生产生活关系最紧密的事项做起，逐步实现全覆盖。"最多跑一次"，是政府对社会的公开承诺，也是一次行政效能革命，我们不妨借鉴学习这个理念，让我们的行政效率跑出加速度、让群众最多跑一次，努力当好服务人民群众和企业的"店小二"。

对标先进，最重要的是寻找短板，反思差距。与发达地区相比，我们的硬件基础不一定先进，但在软件和服务标准上，我们可以站在同一起跑线上。近年来，西安全力打造服务型政府，转职能转作风，发展环境越来越好，但在服务理念、服务标准上，我们还有很长一段路要赶。

如果说从前党员干部在为群众、企业办事上还多少给自己留有余地的话，"最多跑一次"就是不留任何余地，也让服务慢的各种借口和理由没有了市场。"最多跑一次"，传递出的是行政效能自我革命的决心、自我提升的进取心，是我们各级党员干部全心全意为人民服务根本宗旨的具体体现，也检验着我们工作水平和服务标准的高低。

"最多跑一次"，要探索一个印章管审批，目的在于提升效能、优化环境，能最大限度节约社会成本，办什么事情简简单单，一次到位、一次办结，群众不跑冤枉路，不用受麻烦，让每一个企业都能安心经营、放心发展。

以"最多跑一次"为工作标尺，我们就要搞明白为什么习总书记要求"把权力关进制度的笼子"，真正搞明白政府和市场这两只手如何才能形成合力。我们每一个机关工作人员都是人民的服务员，要从管理者的姿态真正转变为"店小二"，不把简单的问题弄复杂，要把复杂的问题弄简单，为企业"松绑"，为创业"加油"。

简单说，就是政府权力清单要"瘦身"，责任清单要"强身"，并通过各种手段、借助各种方式及时"晒出来"，向社会公布。有"五星级服务员"的服务意识，有科学有效的监管机制，从政策、制度、环境多方面优化供给，网上网下融合创新，"最多跑一次"才不会是一句空话。

"最多跑一次"，将激发活力、鼓励创新，构建最佳发展环境，实现群众、企业和政府共赢，最终成为西安追赶超越的助推器。

今后五年不轻松

（二〇一七年一月二十五日）

　　我们正在召开西安市第十三次党代会，大家集思广益，对西安市的发展定位越来越明晰：西安正处在追赶超越的发展阶段，正站在加速转变经济发展方式和城市发展方式的重要节点，正挺立在建设国家中心城市的历史潮头。对西安今后五年的奋斗目标越来越明确：聚焦"三六九"，振兴大西安。"三"就是紧盯全面建成小康社会、GDP过万亿、建好国家中心城市三个目标；"六"就是围绕上述目标，构建"三中心二高地一枢纽"六维支撑体系；"九"就是扎实抓好未来五年九项重点任务，促进经济社会实现"九个明显提升"。同时要大兴干事文化，打造西安铁军。

　　西安市第十三次党代会是一个团结鼓劲的大会、凝心聚力的大会，是站在新起点上追赶超越、共同开创大西安大发展美好明天的誓师大会。

　　大西安目标越高远，意味着我们的使命越光荣；任务越艰巨，意味着我们的责任越重大。要把党代会的精神落到实处，各级领导干部、全体共产党员首先要做到弘扬红军长征精神，弘扬延安精神，以崇尚实干、狠抓落实、马上就办的加速度，以苦干实干拼搏干的真本事去抓落实，这就注定我们今后五年绝不轻松。我们要追赶，所以必须比别人付出得更多；我们要超越，所以必须比别人跑得更快。

面对前有标兵、后有追兵的竞争态势，我们没有多余的精力去空喊口号，没有多余的时间去高谈阔论或争论，更没有多余的心思去推诿扯皮。使命在肩，责无旁贷，唯有横下一条心，拧成一股绳，撸起袖子加油干，甩开膀子加快干！

大西安需要大发展！这也注定我们今后的五年绝不平凡。"人生难得几回搏"，我们庆幸赶上了一个好时代，遇上了一个好机遇，担当了一份好使命。对平庸者而言，五年时间转瞬即逝；而对奋斗者来讲，五年时间足以书写一曲辉煌。我们为大西安的未来而奋斗，功成不必在我，但努力绝不白费，要相信，大西安明天的所有美好，都将有一份属于我们的精彩！

"年关"要过好"廉关"
清清爽爽过好年

（二〇一七年一月二十七日）

时间已进入鸡年的年关，喜庆的年味日渐浓郁，对我们各级党员干部尤其是领导干部来说，越是到了年关，越要守好廉洁这一关，在建好政治生态上走在前列，为营造崇尚廉洁的良好风气做好表率。

老百姓中流传着这样的话："廉不廉、看过年，洁不洁、看过节。"党的十八大以来，中央廉政警钟长鸣，"逢节必令"已成常态化。这说明从中央高层到普通群众，大家的认知是一致的，"年关"是党员干部重要的"廉关"，能否清清白白守住廉洁，舒舒心心过好年节，是对党员干部廉政品质的重要考验。

年节期间守住廉洁要管住"三物"、把好"三关"：一是管住手，把好礼品关；二是管住嘴，把好吃喝关；三是管住腿，把好游乐关。1月18日，中纪委公开曝光了8起违反中央八项规定精神的典型案例，问题正是出在这"三关"

上，其中收受礼金的2起，公款吃喝的3起，公费旅游或参加娱乐活动的3起。这是有着极强针对性的警示，各级干部务必引起重视。

管住手：拒绝接受那些别有用心的礼品，是年节守住廉洁的重要关口。尤其对那些明显超出一般正常情理标准的礼品，要慎思慎拿，因为凡送贵重礼品者必有其目的。希望我们党员干部对送上门的礼品保持警惕和戒心，"非其道，则一箪食不可受于人"。

管住嘴：拒绝那些说不清楚的饭局，是年节守住廉洁的又一道关口。怎样管住自己的嘴呢？杭州市纪委曾发布信息，提醒干部参加私人宴请前应做到"三问"：和谁吃？在哪吃？谁买单？要保持足够的警觉，弄清楚这"三问"，才会吃得明白、吃得踏实。

管住腿：拒绝那些"经济实惠"的旅游娱乐活动，同样是年节守住廉洁的关口。过春节假期长，外出旅游的人多了，就有人向干部送旅游、娱乐，中纪委近期曝光的近300起违反中央八项规定精神的案例中，涉及组织公款旅游、违规公务出行、节假日"公权力"旅游、超标接待等行为占到总数的近三分之一。可见，管住自己的腿也是不容小觑的事。

清风送爽，愿党员干部特别是领导干部，既过好了"年"，又守住了"廉"，永葆清正廉洁的公仆本色，让古都清风拂面，清新宜人。

追赶超越要走在前列

（二〇一七年二月三日）

　　春节前夕的省"两会"上，省委向西安提出了"四个走在前列"的殷切希望，排在首位的是"追赶超越走在前列"。

　　应该说，这是一份沉甸甸的政治责任和"时代命题"，彰显了省委对西安发展的厚望，也是西安作为省会城市，为全省追赶超越贡献力量、承担主体责任，培育新产业、打造新动能的必然要求，我们必须要把这份考卷答好。那么，新年伊始，西安如何在追赶超越上"走在前列"呢？

　　首先，必须要有一支素质过硬的铁军干部队伍。"火车跑得快，全靠车头带"，各级干部就是各自领域追赶超越的"火车头"，肩负着带领团队向前奔跑的重任。因此，我们的干部一定要有全力追赶超越的志气，一定要有不畏困难、不惧艰辛的勇气，一定要有一往无前、舍我其谁的锐气。倘若没有这"三气"，不能勇于任事，差距只能越追越大。

　　其次，必须要有清晰科学的目标定位。"追赶超越走在前列"，要按照市十三次党代会确定的"聚焦'三六九'，振兴大西安"目标任务，既全面对标同类先进城市，也敢于在优势领域对标"单打冠军"，更需要我们明白该从哪里追赶，在哪里超越，哪些短期就可以走在前列，哪些需要长期奋斗才能走在前列。只有搞清楚了这些，我们才能"对症下药"、有的放矢，才能依据现实情况和发展规律，做出最佳选择，强优势、发挥长板优势，找短板、补齐发展短板。

再次，必须要有正确的方法路径。干任何事，找对方法，找准路径，就会事半功倍；方法不当，路径错误，再苦干实干，效果也难如人意。所以，我们既要苦干实干拼命干，也要善干巧干科学干。只有找对方法和路径，努力摒弃一切不适应发展要求的旧思维、旧方式、旧方法，才能最大程度激发活力、提高效率，实现新突破、新跨越。

追赶超越走在前列，要求我们所有的工作都要从追赶超越出发，都要为实现追赶超越而努力，都要用追赶超越来检验。只要我们咬紧目标，勇于拼搏，真抓实干，我们就一定会完成好"追赶超越走在前列"的历史使命。

优化发展环境要走在前列

（二〇一七年二月六日）

如果说，省委提出的"四个走在前列"中，"追赶超越走在前列"是目标、方向，那"优化发展环境走在前列"则是实现追赶超越的重要支撑。

就像园艺师种花种草，不管种什么，一定要先把土壤调理肥沃，该翻地就翻地，该保墒就保墒，该除虫就除虫；否则，再好的种子种到地里，都长不出好苗。

"优化发展环境走在前列"，就要求我们像园艺师伺候土地一样，全力去除阻碍发展的"病虫害"，按照市十三次党代会的精神，围绕"环境立市"，抓好投资服务、生态宜居、生活品质"三个环境"建设，以一流的环境吸引一流的人才和技术，兴办一流的企业和项目。

第一，权力清单要"瘦身"。臃肿的权力清单，不但起不到良好的监管作用，反而会阻碍发展，让老百姓办起事来"不痛快"。各职能部门要积极推行"行政效能革命"，扎扎实实"简政放权",营造公平透明的政策环境,该"瘦身"的坚决"瘦身",该"放手"的坚决"放手",放活、放好、放到位。

第二,责任清单要"强身"。权力要"瘦身",但责任一定要"强身",绝对不能出现"公章不盖了,事情也不管了"的情况。各位党员干部务必要"守土有责,守土尽责",以"店小二"的作风、"五星级服务员"的意识,主动上门服务,营造重商亲商的社会环境,宣传落实好户籍新政、人才引进新政,着力构建"亲""清"新型政商关系,促进各类市场主体茁壮成长。

第三,监督问责要跟上。环境是软实力,环境更是竞争力。要开展市场环境专项治理,切实整顿围标、工程强揽等问题,严肃查处一切有损西安优化发展环境的人和事,不姑息任何"吃拿卡要"的行为,不迁就任何"门难进、脸难看、事难办"的事情,及时纠正各种不良倾向,全力打造绿色之城、花园之城、宜居宜业之城。

"种下梧桐树",才能引来"金凤凰"。只有"优化发展环境走在前列",持续打造最优发展环境,使西安不仅能留住人、更能吸引人,我们才能为西安实现追赶超越凝聚力量。

用好难得机遇要走在前列

（二〇一七年二月八日）

机遇是什么？《现代汉语词典》解释为"机遇就是有利的机会和环境"。机遇非常重要，抓住了机遇，人可以改变命运，城可以兴旺发达，国可以繁荣昌盛。

西安要发展、要成长，就必须抢抓机遇。抢抓机遇既考验智慧、能力，又考验胆量、付出。只有拥有能抓善抓的智慧、把握时机的能力，能吃苦肯拼搏，才不会让机遇从身边溜走。

时势演进，机遇是有"窗口期"的，稍纵即逝。机遇不会停在那儿等我们，我们不去抓就会被别人抓走，甚至大家都去抓，捷足者先登，察势而变者、与时俱进者方可胜出——优势是在抓住机遇中形成的，差距经常是在错失机遇中扩大的。

西安目前迎来了难得的发展机遇："一带一路"战略、新一轮西部大开发、国家中心城市、国家全面创新改革试验区、国家自主创新示范区、内陆型改革开放新高地、陕西自贸区西安核心区、托管西咸新区等等，都是西安实现追赶超越的历史契机。

怎样才能用好难得机遇呢？首先，要开明开放。跳不出"城墙"，站不上"秦岭"，总守着一亩三分地，小富即安，机遇即使来了，也把握不住。

其次，要创新创业。创新创业，先要敢闯。放不开胆，迈不开腿，"新"不会来，"业"也不会成，机遇只会擦肩而过。

再次，要勇于竞争。机遇总是垂青勇于竞争的人。面对激烈的竞争，要树立不进则退、慢进也是退的竞争意识，要用机遇深化改革，用机遇促进转型，用机遇提升能级。

机遇爱机遇，机遇找机遇。用好了机遇，机遇就会越来越多；总抓不住机遇，机遇就会越来越少。只有在用好难得机遇上走在前列，不错过每一个机遇，我们才有可能积小胜为大胜，真正实现"追赶超越走在前列"。

公务员"八小时以外"应展示"铁军"新形象

（二〇一七年二月十日）

　　最近，我市发生了一件和"铁军"形象格格不入的事情，一位公务员在春节假期因为个人事务，殴打了一位护士。随后，市纪委调查了事情缘由，查明了真相，并及时公开进行了处理。

　　事情尘埃落定了，但其中反映出来的问题却值得深思，即：公务员"八小时以外"该有什么形象？

　　"八小时以外"虽然是个人时间，上下班有时间段变化，但对公务员的要求、标准和责任并没有变化，始终需要用同一个标尺去衡量。

　　历朝历代，官员都是社会风气的指向标，大夫、士子都格外看重气节与情操；今日今时，组织在选拔公务员的时候，始终强调"德才兼备"，"德"一直放在最前面——公务员头戴"公"帽，倘若言行不当，损害的不单单是个人的荣誉，也会损害组织的荣誉。

这就要求我们，要善于用"八小时以内"做群众工作的方法、意识，继续在"八小时以外"牢记责任、服务群众，同时还要妥善处理个人事务，认真呵护形象。希望大家多从维护群众利益的角度出发，遇事要"三思"：一思行为是否正确，二思言语是否得体，三思方法是否妥当。

只有习惯于遇事"三思"，并能带头遵守纪律、维护规则；只有养成了接受监督、在阳光下作为的意识，我们才能处理好各种错综复杂的矛盾。

几天前，《陕西日报》刊发文章说，要尊重和爱护"先生"。"政声人去后，民意闲谈中"，我们不但要尊重和爱护"先生"，更要讲法律、讲规则、讲道德，更要学会依情依理依法处理矛盾。

每个公务员都应该牢记誓言、严守纪律，当好队伍形象的代言人，成为组织荣誉的捍卫者。

建设政治生态要走在前列

（二〇一七年二月十三日）

自然界有生态，政治也有生态。在追赶超越的奋斗征程上，西安不但要拥有山清水秀的自然生态，还要打造"山清水秀"的政治生态，让两个生态相得益彰。

建好政治生态，重点要抓好5件事：

一是挺起理想信念"主心骨"。思想是行动的指南，如果把良好的政治生态比作一泓清泉，那么坚定的理想信念就是其"源头活水"。每位党员干部都要时刻牢记第一身份是共产党员，第一职责是为党工作，重品行、正操守、养心性。

二是筑起纪律规矩"防火墙"。现在一些干部出事，往往是从逾规越矩开始的；一个地方政治生态有问题，也多是规矩失守导致的。党员干部必须把政治纪律和政治规矩挺在前面，弄清楚哪些能做、哪些不能做，强化"四个意识"特别是核心意识、看齐意识，一切行动听指挥，扬清气、消浊气、存正气。

三是立起选人用人的"风向标"。认真按照好干部五条标准，落实省委"三项机制"，树立鲜明的干事导向，为担当者担当，为干事者鼓劲，使选出来的干部组织放心、群众满意、干部服气，使我们的队伍群贤毕至、见贤思齐，锻造出一支忠诚、干净、担当的西安铁军。

四是用起党内政治生活"金钥匙"。要使每位党员在党内政治生活的"大熔炉"中，锤炼党性、纯洁党风。要执行好民主集中制，开展好批评与自我批评，严防随意化、杜绝江湖化、避免走过场，做到对党忠诚老实、对群众关心爱护、对同志坦荡真诚，使熔炉真正"热"起来。

五是树起关键少数的"高标尺"。"风成于上，俗化于下。"领导干部要以上率下，带队伍、正风气，做到两手抓、两手硬。一手抓作风建设，坚持不懈反"四风"、树新风，以"常""长"之力，不断清除影响政治生态的污染源；一手抓"两个责任"落实，下大力气拔"烂树"、治"病树"、正"歪树"，久久为功、善作善成。

营造良好政治生态，是每位党员干部的分内事，应从我做起、从现在做起，努力在建好政治生态上走在前列，书写好从严治党的"西安答卷"。

天下英才西安用

（二〇一七年二月十五日）

《人民日报》刊发过一篇题为《聚天下英才而用之》的文章，其中特别提到，历代兴衰更替，其得其失甚多，但归根到底则是：得人者兴、失人者崩。

其实，城市发展道理亦然。任何一座城市，若想兴旺发达、繁荣昌盛，首要的是聚集人才、用好人才，概莫能外。

正因如此，我们才调整了户籍政策，希望海内外各类人才可以汇聚西安，打造中国西部人才高地。

西安应该有这样的魄力和追求：只要是人才，有本事、有一技之长，不分地域，不论资历，都可以在这里找到属于自己的人生舞台。绝不因为政策壁垒、制度藩篱，阻碍人才进入的通道。

然而，"聚"才只是第一步，更重要的是如何留住人才、用好人才。人才吸引来了，如果不能提供使其施展才华的发展空间，没有开明开放、创新创业的氛围，人才终究还是要

"择木而栖"的。因此，我们一定要关爱人才、用好人才。

用好人才需要大智慧。"三顾茅庐""卑身厚币"的历史典故已成为美谈。全市各级各部门要牢固树立"人才资源是第一资源"的理念、"人才投入是收益最大的投入"的观念、"人才浪费是最大的浪费"的观念，真正做到对各类人才求贤若渴、爱才惜才、充分信任和放手使用。

用好人才需要大魄力。要始终坚持"人才就是财富、人才就是效益、人才就是竞争力"的理念，以人才满意为第一标准，积极创新服务模式，贴心贴近，以情留人，以环境留人，大力营造有利于人才脱颖而出的创业氛围，让天下英才爱西安、创新创业在西安。

"泰山不拒细壤，故能成其高；江海不择细流，故能就其深。"城市的竞争，就是人才的竞争。没有充足的人才优势，再宏伟的城市愿景都是镜中花、水中月。西安要实现追赶超越，要建设国际化大都市，就必须"聚天下英才而用之"。

治雾霾应作为西安环保"头号工程"抓

（二〇一七年二月十七日）

最近几天，雾霾又困扰了西安，蓝天白云不见踪影，防霾口罩也像往常一样，成了很多人的"标配"。

这种状况，让人百味杂陈、心情沉重，更让我们坚定决心，一定要把治理雾霾作为西安环保的"头号工程"来抓，一定要下大力气治好雾霾。

既然是"头号工程"，就不能只停留在口头，更要落入行动，要有"头号工程"的样子。

思想重视是"头号工程"的前提。只有从思想上认识到治理雾霾的紧迫性，绷紧神经，拧紧责任阀，我们才能科学研判、找出症结、对症下药。

领导重视是"头号工程"的关键。领导领导，就是要起到引领、指导的作用。治霾问题上，领导尤其是各级各地主要领导，一定要奔向"前线"，亲自抓方案、抓进度、抓落实。领导重视了，再难啃的骨头，再大的困难，都会有破解的办法。

责任到人是"头号工程"的要义。雾霾的出现，和我们的生产生活方式、能源结构有着密切关系，要把"调结构、转方式，减少排放"作为治理雾霾的治本之策。各单位要切实履行起职责，划定责任网格，落实"网格长"责任制，夯实责任主体，严格督查抓落实，强化考核求实效，"十指"发力，重拳出击，铁腕治霾。

社会参与是"头号工程"的基础。穹顶之下，我们"同呼吸，共命运"，只有达成人人参与的共识，企业少排放，个人讲环保，不敷衍、不推诿，紧密配合，主动作为，一起保卫蓝天，守护绿色，"头号工程"才能实至名归。

治雾霾，政府要做绿色管理者，企业要做绿色生产者，市民要做绿色践行者。只有把"头号工程"抓细、抓实、抓久，形成齐抓共管、联防联控的局面，雾霾才能远离生活，蓝天白云才能将城市映衬得更加美丽。

让网络数据多跑路　让人民群众少跑腿

（二〇一七年二月二十日）

　　最近，看到很多地方都提出"让网络数据多跑路，让人民群众少跑腿"，希望给群众创造更便捷、更高效的办事条件，提供更好的政务服务环境。

　　这样的做法，也值得西安借鉴；但怎样才能让"数据多跑路，群众少跑腿"呢？大数据时代，只要把散落在各处的信息数据集中起来，织成一张"四通八达"的网，让数据动起来、跑起来，群众跑腿的次数自然就会少很多。

　　首先要认识到位。大数据背景下，"让网络数据多跑路，让人民群众少跑腿"，表面上看是"技术革新"，其实是对权力清单、责任清单的一次大梳理，是简政放权、服务群众的一次大转变。

　　由此而言，"多跑路"就要求我们尽可能把各项工作规范化、公开化、标准化、具体化、集成化、数据化；"少跑腿"则直接指向让群众办事尽量不跑腿、网上办，必须跑的，尽量跑一次，一次办好，为群众办好事、不添堵。

其次要敢于"拆墙"。要想"网络数据多跑路，人民群众少跑腿"，就必须改变数据"分割现象"，拆掉"数据壁垒"，横向联通各职能部门，纵向联通各级政府，做到"数据共建、数据共享、数据共用"，打造智慧城市，让数据成为社会管理的"强力推手"。否则，再怎么说"数据多跑路"，都会事倍功半、效果不彰。

再次要狠抓落实。各级领导要亲力亲为，紧紧把握群众需求的"痛点"，做好顶层设计，狠抓落实，积极推动高效精准政务服务；要建立电子监察体系，实现权力运行公开透明、网上留痕，使权力运行可视、可控、可查、可纠，让公共服务有权威、有温度。

"互联网＋政务服务"既是效能工程，也是民心工程。只有群众工作多"触网"，把"最多跑一次""节约群众每一秒"等理念根植于心，我们才能达成"环境立市"的良好愿景，助推西安大发展。

一把手要争当改革猛将

（二〇一七年二月二十二日）

改革要抓好，关键是什么？习近平总书记在中央全面深化改革领导小组第三十二次会议上提出了要求：党政主要负责同志是抓改革的关键。

通俗点说，抓改革的关键就是党政"一把手"。改革重点在于敢抓。只有"一把手"敢啃最硬的骨头，敢抓最难的事情，勇于直面牵一发而动全身、群众呼声最强烈的问题，改革才能有效果、有未来。

这就意味着，全市各级党政"一把手"要牢固树立改革主体责任意识和"一把手"的第一责任人责任，拿出"有我无敌，勇往直前"的猛将姿态，向一切不适应大西安大发展、大跨越的旧习惯、旧思维坚决说"不"，坚决做"勇于改革、善于改革"的带头人。

首先，抓改革就要不断提高改革创新思维。"惟改革者进，惟创新者强，惟改革创新者胜。"只有将改革和创新有机结合起来，以创新思维增活力，以改革思维破难题，两只手一起发力，我们才可能打破窠臼、冲破荆棘、成就梦想。

其次，抓改革就要坚持"问题导向"。问题是时代的声音，改革没有"模板"，没有"套路"，改革的"议题"只能由"问题"破题，改革的路径只能由"问题"选择，改革的成果只能由成效衡量。做不到求真务实、实事求是，不能在问题的引导下不断前行，不能创新创业，不能让群众有更多获得感，改革只能是镜中花、水中月。

再次，抓改革就要狠抓落实。只有"一把手"始终冲锋在前，亲力亲为抓方案、抓进度、抓督查、抓落实、抓重点、抓难点、抓创新，改革才能避免"猛踩油门不挂挡"，听着声音震天响，实际原地不动的状况。

改革大计，不进则退。各级党政"一把手"只有充分理解全面深化改革的思维、方法、路径，才能争当改革猛将，才能在改革创新最前线冲锋陷阵，才能为西安的追赶超越发展贡献力量。

让文化创造无限价值

（二〇一七年二月二十四日）

　　说到西安，很多人总会想起世界历史名城："一城文化，遍地历史"及辉煌灿烂的周秦汉唐。这些，都使得西安的城市脸谱分外别致——没有哪座城像西安这样浸满了文化的烙印。

　　但文化之于西安，绝不仅仅是"沉睡的故事"，更应成为创造无限价值的重要支撑。西安历史文化、盛世文化、丝路文化、红色文化、秦岭文化资源丰富，这些优势决定了我们有能力、有机会把文化产业做大做强，有底气、有责任为坚定文化自信贡献"西安力量"。

　　对西安而言，城市要想生机勃勃、活力四射，就离不开文化的助推，就必须做大做强文化产业。2016 年西安文化产业增加值预计 492 亿元，占 GDP 比重 7.8%，分量不可谓不大；但杭州 2016 年前三季度，文化产业增加值就已经达到了 1773 亿元，占 GDP 比重 22.8%。想想看，如果我们的文化产业能够比肩杭州，将会是怎样的景象？

市十三次党代会明确指出，要加快实施"文化强市"战略，到 2020 年，我市文化产业增加值要达到 1000 亿元以上，只有这样，我们才能真正做到让文化对产业具有强大的渗透力。

文化不仅积淀厚重历史，也开创光辉未来。唯有敏于从文化中挖掘时代元素和优秀传承，善于向经济活动中注入更多文化内涵，用"文化+"引领产业发展，做好融合文章，创造更多"文化+科技""文化+市场""文化+金融""文化+品牌"……的新模式，西安才能走好"文化强市"的道路，才能用文化的力量推动城市发展，才能把文化的力量转化为城市力量。

文化是城市的灵魂，文化积淀深厚是西安最靓丽的名片。西安要"另道"超车，实现追赶超越发展，就必须以更广阔的眼光看文化，就必须用好、用活、用足文化。

北京车库咖啡的启示

（二〇一七年二月二十七日）

最近几年，位于北京中关村的车库咖啡声名远扬。在这里，创业者只要买上一杯咖啡，就可以坐上一天，就能获得包括办公场所、信息交流、资本沟通在内的各种服务。

究其本质，北京车库咖啡为创业者创业和工作提供了交流场所，"售卖"的其实是一种咖啡文化和创业文化，目的在于用一杯咖啡作为媒介，使创业者的思想火花在咖啡店里交流、碰撞，点燃放大创业者的梦想和激情，促使各种创业资源进行深度整合、交流、提升，让创业者和资本实现共赢。

任正非说，一杯咖啡吸收宇宙的能量；在北京海淀区中关村200米长的创业大街上，有40多家创业咖啡，每年可以服务数万个创业团队，促成了众多千万美元级的投资，成为创新创业的重要支撑。

欣闻西安高新区正在规划建设"创业咖啡街区"，将聚集30多家中外咖啡店，至少有3家以上类似北京车库咖啡

西安创业咖啡街区

这样的场所和环境，为此点赞！也期待每个区县、开发区都能打造各自的创业环境，打造自己的创业咖啡一条街或街区，让创业者都能便捷且低成本地汇集融合，让所有的"金种子"都能在良好的环境中茁壮成长，最终培育一批极具成长性的新产业。

这一点，对正处于最佳历史发展机遇中的西安尤为重要。毕竟，一个地区经济的活力，很大程度上源于创业精神推动下的创新能力和资本的对接，创业咖啡显然是一个非常合适的"对接平台"。

北京车库咖啡及众多创业咖啡，最重要的资本是聚集起的人才、技术的创业社群，其间呈现出来开放、自由、以人为本、注重交流分享、营造平台、鼓励创新的精神，恰恰是目前西安城市发展最需要的。

因此，西安要通过环境的打造、氛围的培养、资源的凝聚，向创业者和投资者提供一个相对固定、开放、自由、灵活的交流平台，让创新创业意识、科技资源、智力资源、金融资源，都能够有机结合在一起。

北京车库咖啡也是一个创业创新的"孵化器"，其实，坐拥丰富人才资源和科技资源的西安，更应成为一个特大号"孵化器"，让所有的好创意、好点子、好技术、优秀人才都能在这里相互融合。希望西安的创业咖啡店、街区越来越多，不断谱写激情创业的传奇故事！

"星巴克算法"中的城市开放度

（二〇一七年三月一日）

星巴克是很多人都喜欢去的地方，可大家注意到没，星巴克的数量，在不同的城市可以说是千差万别，多的有数百家，少的只有几家。

为什么会这样？星巴克进行选址布局，从来都不是简单拍脑袋，其背后往往会依据城市开放程度、经济活跃程度等因素进行综合决定。也就是说，从星巴克门店数量的多少，既可以看到城市的对外开放度、经济活跃度，也能看到创新创业程度——反映城市开放度的指标有很多，但"星巴克算法"显然更直观、更形象。

星巴克是舶来品，代表的是一种消费文化和生活方式，卖得好、有市场，说明城市的开放度高、创新创业氛围好。西安是世界知名的国际旅游城市，每年都会吸引来自世界各地的游客，咱们的星巴克就应该更多。

目前，西安的星巴克大概只有40多家，而杭州却有

110 多家，成都有 100 家左右。与之相应的则是，2016 年，西安航空口岸出入境人数为 200 万人次，而杭州、成都航空口岸出入境人数分别为 400 万、495 万人次，和星巴克门店数量基本契合。

事实上，将星巴克这样的外来品牌作为体现城市开放程度的重要指标，并非今日才有。"落花踏尽游何处？笑入胡姬酒肆中"，繁荣昌盛的唐长安城里，"唐代星巴克"胡姬酒肆也是遍地开花——这些，恰恰是唐人自信自豪、开明开放的重要体现。

历史证明，一个城市的繁荣程度往往取决于城市的开放程度，因此，今天的西安必须坚定不移地高举开放大旗。只有做足开放经济，提升开放水平，让开放观念融入城市血脉，城市才有生生不息的繁荣。

习近平总书记指出，"各国经济，相通则共进，相闭则各退"。从城市的角度看，道理亦然。开明开放、创新创业的气度，吸纳一切优秀文化成果的意识，是我们建设具有历史文化特色的国际化大都市的必要条件，也是我们实现追赶超越发展必须面对的命题。

"亲""清"背后的"为"与"不为"

（二〇一七年三月三日）

今年的浙江"两会"上，"最多跑一次"被列为今年浙江的重点工作。随后不久，浙江各地各部门纷纷晒出"最多跑一次"项目清单（第一批），涵盖 40961 项办事事项。

在这背后，"最多跑一次"的改革努力，是构建"亲""清"关系的一个缩影，彰显的是浙江简政放权改革、转变政府职能的决心，与西安大力推行的"行政效能革命"不谋而合，值得我们借鉴学习。

就像媒体所言，"最多跑一次"源自"亲"的努力，折射着"清"的底气，就是要把"亲"和"清"作为我们工作的自觉。

"亲"，就是要亲近企业，亲近群众，把企业和群众当亲人看，积极主动"贴上去"，排忧解难、做好服务；"清"，就是要交往带"清风"、走路带"清气"，清清爽爽，自自然然，坦坦荡荡。

"亲""清"是相辅相成、有机统一的。只"亲"不"清"，就容易胡作非为、权力寻租；只"清"不"亲"，就容易疲惫懒散乃至"为官不为"。

也就是说，"亲""清"关系，考验的是"为"与"不为"的长期命题。大西安要实现大发展，就离不开"亲""清"关系，就要用"亲""清"清晰划定"为"与"不为"的界限。

像浙江的"最多跑一次"事项清单，其实就是行政作为的"正面清单"，让行政行为可以依照规矩有序运行；有些市出台的干部不得接受企业消费买单等规定，就是行政作为的"负面清单"，让干部明白"亲""清"应该怎么去做。

常言道，心底无私天地宽。要想以政府权力的减法换取市场活力的加法，给百姓、企业、政府带来共赢局面，就必须构建"亲""清"关系。

民之所望，施政所向。各级干部要深刻把握好"亲""清"的内涵，弄清楚"为"与"不为"的关系。唯其如此，我们才能真正为企业"松绑"，为市场"腾位"，让西安跑出加速度。

要以实干推动发展赢得未来

（二〇一七年三月六日）

昨天的全国"两会"上，李克强总理在政府工作报告中特别强调，各级政府及工作人员要勤勉尽责干事创业，要以实干推动发展，以实干赢得未来。

于西安而言，未来就是实现追赶超越发展，未来就是"聚焦'三六九'，振兴大西安"。这一切，都离不开"勤勉尽责干事创业"的干事氛围，都离不开"干字当头、干在实处"的思想觉悟，都离不开苦干、善干、巧干的实干精神。

首先，思想认识要到位。实干是共产党人的行动纲领。邓小平同志曾强调，世界上的事情都是人干的，不干，半点马克思主义也没有。思想不到位，认识不充分，不能将实干变成西安"最美的风景"，西安大发展的众多历史机遇只会白白溜走。

其次，方式方法要到位。实干，不能简单以会议贯彻会议、以文件落实文件，要讲究方式方法。一要以苦干立身，不避艰辛，攻坚克难，甘做迎难而上的愚公，有"咬定青山不放松"的韧劲儿；二要以善干谋事，要坚持问题导向，找准发力点，大胆探索，做到善思善行、善做善成；三要以巧干破局，牵牛要牵牛鼻子，只有结合实际创造性地干、科学地干，在干中总结，在干中创新，才能事半功倍、彰显效果。

再次，督查问责要到位。实干要干出效果、干出成效，离不开督查问责。对重点任务，要拧紧责任阀、层层传导压力，确保不折不扣落实到位；要严厉整肃庸、懒、散等行为，让每个干部都没有在"最好位置睡觉"的机会；要贯彻落实好"三项机制"，给干事者鼓劲，为担当者撑腰。

施政之要，贵在落实、重在实干。希望全市各级干部都能勤勉尽责干事创业，真抓实干、埋头苦干、善干巧干，让宏伟蓝图在"干"中绘就，让美好生活在"干"中实现。

要形成小企业铺天盖地
大企业顶天立地的格局

（二○一七年三月八日）

全国"两会"上，李克强总理"使小企业铺天盖地、大企业顶天立地"的论述让人印象深刻。这说明，经济发展中，"我们既需要阳光普照、明月当空，也需要繁星满天"。

西安发展亦是如此。要激发市场活力，打造创新创业良好氛围，不但要有一批"顶天立地"的具有支柱作用的大企业大集团，也离不开"铺天盖地"的富有增长活力的、千军万马的众多中小企业，"抓大扶小"一个也不能少。

"顶天立地"的大企业，也是从小企业成长起来的，也离不开众多小企业的配套支持；"铺天盖地"的小企业，有了良好的发展环境，就会不断汲取养分茁壮成长，直至长成"参天大树"。

抓大，不仅要支持大企业持续做大、做强，更要引导其转型发展、创新发展、跨越发展，形成以创新驱动的发展模式，让大企业形成集群、形成"森林"。

扶小，就是要持续打造创新创业良好氛围，让中小企业如雨后春笋一样生长起来，在铺天盖地中形成"气候"、形成规模。

就像自然界，只有大树、灌木、小草都各得其所，充分享受阳光雨露，才能构建生生不息、充满活力的生态系统，因此，"小企业铺天盖地，大企业顶天立地"只能是辩证统一的关系。

要做到"抓大扶小"，一是要打造平等的市场氛围，不管大企业小企业，始终要一视同仁，提供同样的优质服务，助推其发展；二是要营造良好的竞争环境，让大企业小企业都能公平竞争、健康成长；三是要构建完善的培育体制，因地制宜、因材施策，形成大企业引领支撑、小企业跟进成长的新格局。

企业是经济的基本细胞，企业兴则经济兴，经济兴则城市兴。各级各部门只有正确处理好抓大与扶小的关系，让大企业、小企业协同发展，我们才能打造良好经济生态，实现追赶超越发展。

让群众花钱消费少烦心、多舒心

（二〇一七年三月十日）

全国"两会"上，李克强总理在《政府工作报告》中"让群众花钱消费少烦心、多舒心"的"民生论述"让人难以忘怀——尤其是在 3 月 15 日消费者权益保护日即将到来的特殊时刻。

应该看到，假冒伪劣、虚假广告、价格欺诈等行为是市场经济的毒瘤，如果任其肆意生长，就会损害消费者的合法权益，让消费变得"不美好""不舒心"。

另一方面，群众消费不仅仅是"柴米油盐"的"小事"，还关系着提振消费能力、释放消费需求、繁荣城市经济的重大命题。安全、公平的消费环境，不但可以优化市场环境，促进城市商业繁荣，还能激发市场活力，打造新动能。

各级各部门，要争做消费者权益的"保护神"、市场秩序的"守护者"，坚决向各种损害消费者权益的行为说"不"，最大限度地"让群众花钱消费少烦心、多舒心"，从而构建良好的商业环境、市场环境，助推大西安大发展。

要保护消费者权益，一是要提高认识，充分认识到保护消费者权益、维护市场公平的重要意义，将其和西安追赶超越发展的大局联系起来，牢固树立"消费无小事"的观念；二是要畅通渠道，明确处置流程和处置责任，快速响应，及时化解消费纠纷，让群众呼声始终"有人听、有人问、有人管"；三是要严格执法，聚焦严重损害消费者权益的违法行为，敢于碰硬，让监管执法更具针对性和威慑力，努力维护群众利益。

消费者分量的提升，标识着城市经济发展的刻度。消费越稳定、越繁荣，越能发挥消费对经济的拉动作用，越能体现以人民为中心的发展思想，所以，"让群众花钱消费少烦心、多舒心"理应成为我们的城市追求。

要激发和保护企业家精神

（二〇一七年三月十三日）

全国"两会"上，"激发和保护企业家精神，使企业家安心经营、放心投资"的表述，传递出国家对企业家特别是民营企业家作用的重视与肯定，让人印象深刻。

我们国家在短短30多年里，一跃成为全球第二大经济体，改革开放能够不断向前推进，与民营企业家"开明开放、敢为人先、创新实干"的企业家精神是分不开的。

2016年，西安市民营经济实现增加值3302.27亿元，为全市贡献了46%的税收，解决了50%的就业，创造了52%的GDP，是我市追赶超越发展的重要力量。

今时今日，大西安要大发展，就必须坚定不移地促进民营经济实现新提升，就必须毫不动摇地大力激发和保护企业家精神。

首先，要牢固树立重视企业家的意识。要激发和保护企业家精神，先要重视企业家，企业家是宝贵的人才资源。在市场竞争中逐步成长壮大的民营企业家披荆斩棘、乘风破浪，锻造了超强的适应能力，也创造了宝贵的物质、精神财富。只有始终对企业家"高看一眼"，让其"地位上受尊重，权益上受保护"，才能充分发挥企业家的聪明才智。

其次，要构建"亲""清"新型政商关系，打造良好的成长环境。民营经济要健康发展，民营企业家要健康成长，离不开良好的成长环境。一方面，要厘清政府和市场的边际，打造公平合理的市场竞争环境；另一方面，要引导非公有制经济人士致富思源、富而思进，做到爱国、敬业、守法、诚信、贡献。

再次，要积极营造创新创业氛围。企业家精神有很多描述，但核心还是"开明开放、敢为人先、创新实干"。我们要为企业当好"店小二"，切实营造敢闯敢试、挑战自我、追求创新的浓郁氛围，让企业家能够直面挑战、追求卓越、不断创新。

习近平总书记曾强调，"市场活力来自于人，特别是来自于企业家，来自于企业家精神"。只有大力激发和保护企业家精神，我们才能最大程度激发市场活力，打造新动能，实现追赶超越发展。

塑造现代西安之美

（二〇一七年三月十五日）

每座城市都有自己的独特气质和城市印记，穿越千年走到今天的西安亦不例外。我们耳熟能详的兵马俑、大小雁塔、钟鼓楼、城墙等经典景观，就见证了曾经的美丽和荣光、繁荣与昌盛，就是西安最鲜明、最独特的标签。

然而，建好历史文化特色的国际化大都市还需要增加"现代化"特征。我们在津津乐道历史恢宏画卷的同时，更有责任、有义务塑造现代西安之美，让历史与现代、古典与时尚相得益彰。于是，我们难免要问：现代西安之美，究竟要美在哪里？

其一，要美在形态。建筑，是凝固的音乐，记住了一栋建筑，便认识了一座城市。西安的街景街貌，既要体现历史的印记，也要彰显现代的时尚，只有格调、色彩、品位相当，功能布局合理，才能真实呈现城市的气质与个性。

其二，要美在内涵。一座充满现代活力、让人向往的美

西安高新技术产业开发区

丽城市，一定是有内涵、有味道的。只有浸满开明开放、创新创业的气质，始终秉持以人为本的意识，让就业、教育、医疗等民生问题始终温暖每一个人，西安才能焕发出别样的景致。

其三，要美在素养。城市是现代化的产物，城市里的人更应表现出浓郁的现代文明之美。小到不乱扔垃圾、不横穿马路、待人接物等生活细节，大到胸怀气度、家风家教、规矩规则，都要得到良好体现。

"一切历史都是当代史。"历史悠久的西安，要想以现代的风尚重新展开，不断激发城市活力，就必须用更多的现代意识、现代思维引领前行，唯其如此，我们才能重新架构城市的美丽和记忆。

如果城市是一本打开的书，塑造现代西安之美就是当代西安人最应该书写的浓重一笔。希望我们的城市建设者、参与者，都能写就自己的精彩篇章，让每个人都能充分感受到浓郁的现代之美、时尚之美、和谐之美。

建设特色小镇，培育产业新载体

（二〇一七年三月十七日）

今年的市"两会"上，政府工作报告中明确提出，未来5年，我们要打造30~50个特色小镇。这就意味着，以新理念、新机制、新载体推进产业聚焦、产业创新和产业升级的特色小镇正式在西安拉开建设大幕。

特色小镇，就是要结合自身特质，找准产业定位，科学进行规划，挖掘产业特色、人文底蕴和生态禀赋，形成"产、城、人、文"四位一体有机结合的产业发展新平台。对西安而言，意义非凡。

其一，特色小镇是撬动投资的新平台。数据显示，浙江2016年前三季度，130个省级特色小镇已经完成固定资产投资1101.1亿元，每个小镇平均每月投入近1亿元。倘若我们以同等投资规模打造50个特色小镇，每年就是近200亿元的投资规模，数量不可谓不大。因此，要牢牢利用好这一平台，让政策资金、社会资本和金融机构资金三方共同发力。

其二，特色小镇是产业转型的新平台。特色小镇一出世，便被赋予"革故鼎新"的使命，承担着产业转型的重任。我们要紧紧依托西安丰富的文化、科技、军工、人才、教育、旅游、生态等优势资源，因地制宜，坚定不移地打造特色产业，让每个特色小镇都能引领一个产业，带动一个市场。

其三，特色小镇还是新的经济增长点。从全球来看，特色小镇在发达国家是拉动经济的发动机。比如，众所周知的达沃斯小镇、"资本＋技术"的硅谷等等。我们要深度聚合特色小镇的产业功能、文化功能、旅游功能、社区功能，使其真正产生叠加效应，打造新的经济增长点。

特色小镇所需要的各种要素，所对应的时空条件，创新的难度要求，都和以前截然不同。各区县、开发区要合理规划、积极启动特色小镇建设，让西安的产业新载体"遍地开花"，让各具功能的特色小镇成为城市发展的重要支点。

河长责任　重在实干

（二〇一七年三月二十日）

1月16日，按照省委、省政府的部署安排，我们率先在全省启动"河长制"。迄今为止，已经过去了两个月时间，全市1202名河长的"到任"，确保了每一条河流都有人管。

这就意味着，新形势下的治水大幕——"大西安范围，多水系治理"已经正式拉开；生态修复"八水绕长安"胜景的城市愿景也迈出了重要一步。然而，良好的开始只是成功的一半，要想真正管好河、治好水，还要用实干的精神，落实好河长责任。

首先，要认识到位。众所周知，水是生产之基、生态之要、生命之源。河长是管河、治河、护河之长，不仅仅是将领导干部的名字"刻"在河湖之滨，更是一份关涉城市永续发展，增进民生福祉的沉甸甸的责任，寄托着河流治理的希望与未来，容不得丝毫马虎与懈怠。

其次，要弄清目标。河流湖泊就是每一位河长的"责任

汉城湖

田"，只有像老农侍弄田地一样，对负责河段的水质情况、治理难点、阶段目标了如指掌，我们才能对症下药。因此，每一位河长都要有自己的责任台账，要有"一张水系图、一本任务书、一个时间表、一份报告书"，勤到水边走走看看，勤找问题、勤觅对策、勤促进度、勤查变化。只有对着目标抓进展，盯着目标强管理，我们才能让河水越来越清，让环境越来越美。

再次，要强化责任。河长履职，在于责任到位。我们的市、区县（开发区）、镇街、村（社区）四级河长，要切实把具体工作方案做到位，把工作机制、工作制度落实到位，把工作做细、做深、做实，确保河畅、水清、堤固、岸绿、景美。

"问渠哪得清如许，为有源头活水来。"我们要用"重整山河"的雄心壮志当好河长，落实责任制，为城市的持续兴盛，留下我们这一代人的治水印记。

"最多跑一次"重在承诺

（二〇一七年三月二十二日）

日前，我市公布了第一批"最多跑一次"事项清单，其中，市级部门 525 项，各区县、开发区 3565 项。这些事项清单，就是一个又一个便民、利民的庄严承诺。

公布"最多跑一次"事项清单的目的是为了便民、利民。那么，公布之后，更要一诺千金，把清单落到实处，让群众真正感受到"最多跑一次"带来的变化。

首先，思想要重视。思想上的重视，是我们做好一切工作的前提。要想真正做到便民、利民，就要有"言必信，行必果"的意识，说到就要做到，坚决防止"说一套，做一套"。

其次，工作要细致。材料齐全是"最多跑一次"的重要前提，需要提前告知。我们要针对不同的办事事项，详细列出所需要的材料清单，通过网站公布、制作服务手册等方式，最大程度让群众清楚知晓需要准备哪些材料。

此外，在政策调整的时候，能够根据政策变化，对材料清单进行及时更新，能够充分利用"互联网＋政务"、"一站式"政务服务窗口等手段和平台，畅通数据流转渠道，让数据替群众跑腿。例如，浙江、江苏等地，就尝试群众办理各种事情时，只要在"互联网＋政务"平台上身份核实通过，就无须跑到各个部门获取纸质证明，力求减少重复验证，让群众少跑路，甚至不跑路。

再次，监督要强化。"最多跑一次"，就是要把群众当亲人，就要把服务当职责。为了防止"歪嘴和尚念歪经"，就要强化监督，坚决杜绝"门难进、脸难看、事难办"的不良作风，严肃问责敷衍塞责、落实"最多跑一次"不力的人和事。

"最多跑一次"，重在承诺，贵在落实。各级各部门既要高度重视、热情耐心，还要细化服务、加强监督，及时查漏补缺。唯其如此，"最多跑一次"才能在具体实践中，越走越稳、越走越好。

要抢抓机遇　把春季植树增绿做扎实

（二〇一七年三月二十四日）

　　公元552年，雍州刺史、京兆杜陵人韦孝宽发现，官道上每隔一里用作计算里程的土台经过雨水冲刷，很容易崩塌。经过认真调研，韦孝宽下令，设置土台的地方一律改种一棵槐树，这样，既可以标记里程，还能供行人乘凉、美化环境。

　　韦孝宽种槐树开启了道路绿化的先河。今天，西安要继续像韦孝宽一样，做好城市道路、高速公路、高铁线路、绕城公路、通景公路等"五路"两侧绿化，多种大树，多种常绿树，尽快形成林荫大道；要坚定不移地在全市范围内做好植树增绿工作，打造绿色之城、花园之城。

　　植树增绿，不仅仅关涉城市形象、城市的"面子"，还是改善城市空气、治理雾霾、打造生态宜居环境的重要措施。我们一定要抓住季节，和时间赛跑，在5月1日之前的种树好时机里，把植树增绿工作做扎实、做到位。

　　今年的目标是，以"五路"两侧为示范点，重点打造

59 条绿化示范路，每个区县、开发区至少要有 3 条以上，市城管局要承担 5 条以上。让绿映古城，让群众看得见、摸得着。

不难看出，这个任务不轻松！因此，必须做好规划，做好引导图，对任务进行科学分解，抓好进度，加强指导与督查，树好典型；同时，还要发动社会力量，一起动手，形成人人植树、人人爱树的浓郁氛围。

特别要指出的是，要转变作风，不要做表面文章，只把树种在"电视画面"和"报纸"上，要种在"五路"两侧的大地上。同时，要坚决杜绝"只种不管""种小树不种大树""数字种树实际不种树"的情况。相关职能部门要切实履行起职责，养护好植树成果，确保种一批活一批；要充分认识到大树、常绿树在净化空气环境、生态空间优化、城市景观打造等方面的重要作用，多种大树、常绿树。

植树增绿是建设绿色之城、花园之城的重要载体。只有全市上下齐动手，把植树增绿做扎实、做到位，我们才能在未来的时间里，充分享受绿色给予城市的回报，才能让亮丽的风景遍布城市的角角落落。

"一把手"要抓好招商引资"一号工程"

（二〇一七年三月二十七日）

发展为上，投资为本。大西安要实现追赶超越发展，就必须把招商引资作为"一号工程"来抓，就必须坚定不移地把招商引资摆在最为突出的位置！

这是因为，招商引资既关涉调结构、稳增长、补短板的重点任务，又与激发城市活力、发展民营经济的现实需求息息相关。只有抓好招商引资，给城市发展注入新鲜血液，才能促进大西安大发展。

招商引资是一场事关城市发展的竞赛，比的是状态，比的是方法。这就需要我们牢固树立责任意识，以更积极的状态，更灵活高效、务实管用的方法，优化力量、强化队伍、系统推进。

各级各部门的"一把手"，要有每月 1 号、每周一重要时间抓招商，抓"一号工程"的意识；要有亲自带队叩门招商，亲自推介、亲自考察、亲自洽谈的自觉，要坚决杜绝"事不关己高高挂起"的思想，坚决杜绝"只动嘴，不动腿"的行为。

也就是说，"一把手"要多到招商引资的项目现场去查看、去了解、去督促，对项目引进及建设中的困难和问题，要亲自定措施、定责任、定时限，确保及时协调和解决到位。

要对每项任务、每一个重大项目逐项分解落实到人，定期跟踪推进，确保有序开展。要认真研究政策、准确把握政策、用好用足政策，努力实现资源效益的最大化和最优化。要冲锋在前，事必躬亲，实打实对接，点对点服务，多层面保障，形成"五资"齐抓、全域招商的良好局面。

招商引资对于全市全局工作的重要性，怎么强调都不过分。各级各部门要进一步解放思想、厘清思路、延展视野，抓好落实、认真履责、扎实推进，真正把招商引资这项"一号工程"抓出成效、抓出水平！

抓一件事，要成一件事，不能半途而废

（二〇一七年三月二十九日）

一分部署，九分落实。抓落实是领导工作的一个基本环节，是各级领导干部的一项重要职责，是改进作风的关键。西安要实现追赶超越发展，就要积小胜为大胜，善做善成，就要一件事一件事去抓，就要抓一件事，成一件事。

抓一件事，成一件事，先要思想重视。思想决定行为，思想决定进度。就像我们最近重点在抓的"五路"两侧增绿工作，要力争三年后绿化面积净增 17 平方公里（不含公园景区），达成绿映古城、出门见绿的目标，就必须先从思想上重视起来，坚决不能有"一阵风"思维，坚决不能有"走过场"的想法。

抓一件事，成一件事，还要突出重点。牵牛要牵牛鼻子，只有突出重点，抓住主要矛盾，才能事半功倍。干任何工作，都要发扬钉钉子精神，瞄准目标，多策并举，对症下药，一个"硬骨头"一个"硬骨头"去啃，才能确保顺利推进，达成目标。

对"五路"两侧增绿而言，就是要秉持"绿水青山就是金山银山"的理念，牢牢抓住多种树、种大树、种常绿树的要害，紧紧围绕加快、加密、加绿的关键，年年种，一条道路一条道路去绿化，努力把西安建成"绿色之城、花园之城"，为治污减霾和改善城市生态环境多做贡献！

此外，抓一件事，成一件事，还要坚持评优扶差。干任何工作，都要有评优扶差的意识，通过推广好的经验，帮助差的补短板，用先进带动后进，切实形成你追我赶、不甘人后的浓郁氛围，共同把工作抓实，一起把事情做好。

想事干事，关键要成事。我们所有的工作都要通过实践来检验，决心再大，口号再响，行动再快，如果不能见到成效，总是虎头蛇尾、半途而废，还不如不干。

各级各部门要有"咬定青山不放松"的韧劲，要有不达目的不罢休的狠劲，只有抓一件事，成一件事，不半途而废，我们才能真正干出无愧于党和人民事业发展的实事，建立起经得起历史检验的实绩。

让大学滋养城市

（二〇一七年三月三十一日）

　　西安有很多城市名片，但大学无疑是最亮丽的名片之一。几十年来，西安的 60 多所大学早已同西安血脉相连、共荣共生，从方方面面，一点一滴地深刻影响着西安、改变着西安。

　　大学是城市的立城之基，一流大学和一流城市基本上是同义词。西安要奔向"一流"：建设国家中心城市和国际化大都市，要在追赶超越赛道上跑出"加速度"，就要支持西安的大学建设世界一流大学，就要加强同大学的密切沟通、合作交流。

　　我们的大学，如果能够建设成像哈佛、麻省理工、牛津、剑桥那样的世界一流大学，西安就会理所当然地成为世界知名城市，成为引领潮流的世界知识高地。因此，我们怎么支持大学都不过分。

　　西安正处在黄金发展期，肩负着服务"一带一路"战略、全面创新改革试验区，建设国家中心城市和国际化大都市等重要使命，我们比任何时期都需要在创新港发展、大学科技园建设、培育"双创"等方面打开新的发展局面。大学，显然就是一个绝佳的平台。

例如，占地 375 亩，拥有 22 幢建筑、70 万平方米的清华大学科技园，去年向海淀区上交 60 亿元税收；上海和同济大学联合打造的"环同济知识经济圈"，2005 年起步之初产值不足 30 亿元，但到 2015 年的时候已达 305 亿元，充分彰显了城市与大学协同发展的巨大能量。

想想看，如果我们能像"环同济知识经济圈"一样，打造一批属于西安的大学"知识经济圈"，充分发挥大学在"双创"、产业结构调整等方面的优势，将会是怎样的动人局面？

此外，大学是人才的摇篮、知识的殿堂、思想的载体、创新的源泉，可以给城市提供丰厚的人才支持和智力支撑。我们要通过健全机制，畅通渠道，吸引西安的优秀大学毕业生留在西安发展，为城市发展注入新鲜血液；要加强同大学的合作交流，让各级干部多去大学进修学习，实现良性互动，确保思想时刻走在前列。

城市孕育大学，大学滋养城市。各级各部门要充分认识到大学对于西安追赶超越发展的重要性，坚定不移地支持大学、融入大学、发展大学，让大学与城市共同成长、一起发展，让西安充满活力，更具魅力！

重温清明的三重文化内涵

（二〇一七年四月三日）

　　清明是二十四节气之一，这个时节天气清洁宁静，故名"清明"。这一天，亦是我们祭奠逝者的日子，天南海北的华人，同此一躬，共此一礼，传递着对逝者的怀远追思之情；但其实，清明的价值绝非只是慎终追远，我们还有更多关于清明的文化内涵需要重温。

　　清明的第一重内涵是生命清明。清明时节，我们去为先辈、先烈等逝者培土扫墓，既是对他们的尊敬与纪念，也是我们这些生者对生命的反思。我们需要叩问，自己在生命的旅途中，是否始终牢记生命价值，是否始终坚守理想与信仰，是否永葆家国情怀、永立时代潮头，做到不忘初心。

　　清明的第二重内涵是政治清明。春秋时期晋国名臣介子推诗曰："臣在九泉心无愧，勤政清明复清明。"介子推对政治清明的期盼，也是千百年来中国百姓的期盼。

　　具体到今天，要做到政治清明，就必须像习近平总书记所指出的那样，"老老实实做人，踏踏实实干事，清清白白为官"。因此，加强作风建设，打造"山清水秀"的政治生态，就是我们永恒的追求，时刻不能松懈。

清明的第三重内涵是生态清明。民谚有云，植树造林，莫过清明。万物生长的清明时节，自古以来就有插柳的习俗，后发展为植树造林。所以，清明也是生态的清明、环保的清明。我们要践行好"绿水青山就是金山银山"理论，通过"五路"两侧增绿、治污减霾等工作，努力抓住有利时机，做好生态保护、生态修复，让西安的天更蓝、水更绿。

清明时节，天气清澈明朗，人的心情也随着自然变化清明洁净。各级党员干部要充分领悟清明的文化内涵，在马克思主义信仰和中国特色社会主义信念面前"宁静致远"，努力营造清明党风政风，不断提升生命的品质和价值，让追赶超越的脚步更加坚定、更加有力。

"平安浙江"考核之"平安鼎"的启示

（二〇一七年四月五日）

近日，浙江首批连续 12 年获得"平安"称号的市、县，在"平安浙江"考核中捧得"平安金鼎"。此外，连续 3 年、6 年、9 年达到平安市、县（市、区）标准的，还分别被授予"平安鼎"、"平安铜鼎"和"平安银鼎"。

每年平安市县考核满分为 1000 分，800 分以上才为"平安市县"；"平安浙江"考核中的"平安鼎"，3 年才"起步"，12 年才能站上"最高领奖台"的"苛刻"条件，彰显了浙江以更高标准、更严要求，持之以恒建设"平安浙江"的决心和信心。这种做法，对西安亦有启示。

习近平总书记指出，"平安是人民幸福安康的基本要求，是改革发展的基本前提"。对西安来说，平安就是城市发展的基石，没有平安稳定的环境，任何发展都只能是"海市蜃楼"。

因此，我们要始终把维护社会稳定和长治久安作为首要任务，努力做好"平安西安"建设，为群众安居乐业提供安全庇佑，让群众充分享受到平安这一基本民生福利。

建设"平安西安"，要有一言九鼎之诺。各级各部门要以创建"平安区县""平安开发区""平安街道""平安单位"为有力抓手，健全体制，补足短板，细化责任，一言九鼎，言必信、行必果，切实承担起保一方平安、促一方发展的历史使命。

建设"平安西安"，要有拔山扛鼎之势。要下大力气把影响平安的机制体制理顺，重点抓好公众对社会治安的满意度，在解决群众切身利益的问题上，用心用力，让群众心气齐顺，让群众充分享受公平正义，着力构建全方位、立体化的公共安全网。

建设"平安西安"，要有革故鼎新之志。我们要志存高远，不断改革创新，用"网格长制"等新模式为"平安西安"建设注入源源不竭的动力。同时，广大人民群众和社会各界要在党和政府的领导下，齐心协力共同开创"平安西安"的新局面。

"求木之长者，必固其根本；欲流之远者，必浚其泉源。""平安西安"建设连着千家万户，事关追赶超越发展稳定大局，我们一定要牢固树立安全发展理念，把公共安全作为重要民生工作做扎实、做到位。

一把手要亲自抓改革工作

（二〇一七年四月七日）

近日，习近平总书记在中央全面深化改革领导小组第三十三次会议上强调，各级主要负责同志要自觉从全局高度谋划推进改革。

"不谋全局者，不足谋一域。"全市各级主要负责同志是抓改革的关键所在，肩负着城市发展、民生改善的重任，因此，一定要明确改革责任担当，抓思路、抓调研、抓推进、抓落实，坚定不移地把改革抓紧抓实。

首先，认识要深化。要清楚地认识到，改革是新动力最大的红利，是推进各项工作不断前进的"制胜法宝"和"关键一招"，不改革只能死路一条。

西安要跑出"加速度"，就要统筹各项改革任务，定好盘子、理清路子、开对方子，就要敢接烫手山芋，敢于直面难度大、影响面广、同老百姓关系密切的改革任务，就要有不达目的不罢休的改革劲头。

其次，方法要管用。改革牵一发而动全身，方法管用才能激流勇进，直挂云帆济沧海；方法不管用，就很可能事倍功半。

只有紧紧围绕影响制约西安发展的突出问题，按照问题导向，把准改革方案的质量关，找准方法，做到"十个指头弹钢琴"，抓关键问题、抓实质内容、抓管用举措，不做华而不实的表面文章，改革大业才能"蹄疾而步稳"。

再次，步伐要加快。改革，从来都是有担当、敢进取者勠力推进。要拧紧责任螺丝，加快步伐，以主动作为追赶时代脚步，把改革举措早谋划、早落地、早见效，着力推进各项工作走在前列、干在实处，多出"西安经验"，交出满意答卷。

改革要改得准、走得好，就必须一竿子抓到底，"一把手抓一把手"，把责任一级一级压下去。这样，改革才能服务于发展、服务于民生改善，才能激发市场活力，实现追赶超越发展。

要开门入户绘好"民情大数据地图"

（二〇一七年四月十日）

最近，我市把建好"民情大数据地图"列为今年改革的重点，希望以此引导基层党员干部沉下身子，用脚步丈量民情，用行动贴近民声，打通干部联系服务群众的"最后一米"。

这就意味着，"民情大数据地图"不是一张普通的地图，而是巩固群众路线的新载体、新抓手，是打开政府机关之门，深入基层熟悉村情、民情、企情、社情，服务基层群众的"百科全书"，是开展工作的"导航仪"，承载了民情沟通、为民服务、平安建设、促进发展等诸多现实功能。

战地摄影师说："你的照片不够好？那是因为你离前线不够近！"要想对民情民意进行全景扫描，要想绘就一幅纤毫可见、实用管用的民情民意高清图，就必须像战地摄影师一样"靠近靠近再靠近"。

只有真正深入群众、融入群众，用心用情，不辞辛劳，进门入户，做到基本情况、帮扶重点、组织建设、经济状况、民情社意"一口清"，问人知情，问情知人，成为基层工作的"活档案""万事通"，才能绘好"民情大数据地图"。

同时，要想用好"民情大数据地图"，则需要广大干部切实改变工作作风，将群众的需求、困难烂熟于心，把熟练使用"民情大数据地图"作为一项基本工作技能和工作习惯，用足用活用好。

要坚持问题导向，善于利用"民情大数据地图"精准解决各种民生和发展难题；要定期召开民情数据分析会，将其作为民生改善、产业发展、资源整合和发现问题的工具，全心全意为群众谋福利。

此外，"民情大数据地图"要随时而变、随势而变，不能静止不动。只有时刻心存群众，经常进门入户，依据现实变化，不断迭代升级，"民情大数据地图"才能不走样、不变形，才能最大程度地发挥作用。

"民情大数据地图"是群众需求与精准服务的无缝对接，是锤炼好干部的新平台，我们一定要把这项工作做到位、做扎实，确保务实管用。

要加快推进农村垃圾分类

（二〇一七年四月十二日）

　　近日，国务院办公厅转发国家发展和改革委员会、住房和城乡建设部《生活垃圾分类制度实施方案》。依照方案要求，西安要到 2020 年年底前，实施生活垃圾强制分类，创造优良人居环境。

　　这其中，农村垃圾分类是垃圾分类工作的难点。受环保观念、硬件设施局限，农村的垃圾分类意识不强，农民的环保知识欠缺，垃圾随意堆放、无人处理等现象日益突出，农村的垃圾如何分类、如何处置，就有很多功课要做。

　　要破解难题，深入推进城乡环境整治行动，做好农村垃圾分类，就要走好"三步棋"：

　　一是抓习惯养成。推进农村垃圾分类，先要养成良好的习惯。要加快在农村群众中普及相关知识，逐步实现垃圾分类进教材、进校园、进乡村，让群众了解垃圾分类知识，养成良好的生活习惯。要组织力量培训专门的垃圾分类指导员、招募志愿者进村入户，手把手带，面对面讲，从而形成垃圾分类的良好习惯。

二是抓配套设施。推进农村垃圾分类，离不开配置齐全、布点均衡、管理有序的配套设施。鉴于此，必须加快垃圾处理场地、垃圾焚烧厂建设；在村庄、街道、社区等人流量较大的场所，设立标示明确的垃圾收集设施；加大技术与资金投入，为农村有害物质的处理、垃圾的可循环利用提供相应的硬件支撑。

三是抓责任落实。推进垃圾分类，责任落实是关键。要认真调研，用系统性思维编制、落实好垃圾分类三年行动计划，完善垃圾分类处理流程，明确责任主体，责任到人、责任到部门、责任到区县，做到村一级收集，乡镇一级转运，县一级处理，妥善处理各类垃圾。

农村垃圾分类是一项需要全社会共同参与的长线工程，并非一朝一夕之功。只有每一个人都能充分认识到垃圾分类的重要意义，从我做起，持之以恒地做好农村垃圾分类，才能让乡村更加美丽。

让 12345 市民热线成为民心热线

（二〇一七年四月十四日）

宁波 200 多条热线电话中，有一个号码老百姓记得最牢、用得最多，那就是 81890 热线。宁波人无论身处何地，碰到问题需要求助，往往第一个想到 81890。

81890 为什么名声在外？因为好用、管用，是一条"拨一拨就灵"的民心热线。我们正在建设的 12345 市民热线，也要像宁波 81890 热线一样，让所有西安人都记得住、愿意用。

12345 市民热线不是一部普通的电话，而是密切党和政府与群众关系的"连心桥"，是公共服务的新模式，是服务群众的新品牌、新窗口，是智慧城市建设的重要部分，目的在于为市民、投资者和旅游者提供全方位、全天候高效服务。

鉴于此，12345 就要紧紧围绕"灵"字做文章，就要时刻秉持"信"字理念，让群众的难事、急事、烦心事有人问有人管。如果不灵、不管用，不能言必信、行必果，号码再好记也没用，口号再响也没用。

这其中，集成平台是关键。12345 是沟通党和政府与群众的桥梁，是 7×24 小时全天候服务群众的综合之家。这就决定了要打通壁垒，将政府资源、市场资源、社会资源最大程度地集成到一起，让政府、市场、社会信息共享、联手互动，使其形成规范化、集约化、快速化的服务合力。

在此基础上，还要有感情、有温度。12345 市民热线是群众"拨一拨就灵"的温暖"门铃"，着眼的是"亲民、便民、为民"的服务宗旨。只有带着真感情服务群众，做到"有求必应"，让群众在每一条求助来电中，都能充分感受到精准、细致、温暖的服务，才能彰显价值，不断拉近党和政府与群众的距离。

各级各部门要以"务实守信、群众至上"为根本出发点，不断强化作风，牢固树立责任意识，不推诿、不扯皮、不得过且过，有问必答、有难必帮、处事必果，确保随时随地为群众提供服务，切实提高各级服务效能。

12345 市民热线，"一头连党和政府，一头连千家万户"，我们要将其抓实抓好、抓长抓久，从而实现"政府赢得民心、百姓赢得便利"的良好效果。

脱贫攻坚必须立下"军令状"!

（二〇一七年四月十七日）

脱贫攻坚，事关全面建成小康社会，事关人民福祉，事关国家长治久安，是治国理政的一件大事，是我们党向人民作出的庄严承诺，是必须完成的重大政治任务。

如今，西安的脱贫攻坚已经到了啃硬骨头、攻坚拔寨的冲刺阶段，我们要始终牢记脱贫"军令状"，谨记军中无戏言，"不以事艰而不为，不以任重而畏缩"，坚决投身其中，肯干善干，以经得起群众和历史检验的成效，交出我们的合格答卷。

也就是说，我们要用硬任务、硬措施、硬状态，认真完成脱贫攻坚任务，让农村贫困群众不愁吃、不愁穿，教育有保障，医疗有保障，住房安全有保障，让贫困群众有摆脱贫困的能力，能够共享发展成果。

一是要切实提高"两率一度"。"两率一度"的高低，关系着脱贫攻坚工作的成败。要打赢脱贫攻坚战，就要下大力气，切实提高贫困人口识别准确率、退出准确率和帮扶工作满意度。

只有紧紧围绕"精准"二字，摸清底数，算好"家底账""时间账"，结合"民情大数据地图"建设，精准施策，精准帮扶，精准发力，千方百计提高"两率一度"，我们才能夯实打赢脱贫攻坚战的基础。

二是要更细致、更用心。脱贫攻坚是一项系统工程，我们要始终心怀大局心有真情，只有用"绣花"功夫，更细致、更用心地做好数据库建设，确保扶贫资金及时拨付到位，不断改进和完善脱贫攻坚中出现的问题，才能如期完成各项脱贫攻坚任务。

三是要落实好"五级书记"抓脱贫责任。涉贫区县党政主要领导要高度重视，亲自抓、反复抓、经常抓，不能有丝毫懈怠；分管领导要沉下身子，用心用情，抓实抓细；驻村干部要驻村又"驻心"，不"走读"不"走神"，充分发挥先锋模范作用，冲锋在脱贫攻坚最前线。

脱贫攻坚是重大政治任务，是必须履行的历史责任，关乎西安声誉、关乎百姓福祉、关乎全市发展大局。我们要拿出"敢教日月换新天"的气概，鼓起"不破楼兰终不还"的劲头，不含糊、不动摇、不懈怠，调动一切力量扶真贫、真扶贫，坚决打赢脱贫攻坚战。

领导干部应做到"心中有数"

（二〇一七年四月十九日）

常言道："心中有数，遇事不慌。"但在工作实践中，个别领导干部却做不到"心中有数"，对愿景目标、工作进展、矛盾问题、改革举措等常常是一脸懵懂、茫然无措，"心中无数"。

"心中无数"不是个小问题，而是工作作风、责任意识、能力素养、领导水平欠缺的体现。因此，领导干部要坚决杜绝"心中无数"的状况，做到"心中有数"。

一是要知"底数"。干事创业，先要熟悉情况、摸清"底数"。"底数"清楚，才能把握好事物的发展规律，进行综合研判、对症下药。倘若"底数"不清，情况不了解，再好的构想，再宏伟的目标，都难以落到实处。

二是要懂"路数"。"巧干能捕雄狮，蛮干难捉蟋蟀。""路数"是方式方法，关系着工作的成败得失。只有懂"路数"，找对方式方法，才能提高攻坚克难、化解矛盾的能力，推动各项工作不断向前。

三是要明"变数"。"凡事预则立，不预则废。"当下的工作，常常会面临许多新矛盾、新问题、新挑战，倘若对可能出现的"变数"做不到周全的准备、深入的分析，就无法化挑战为机遇，化被动为主动。

知"底数"，懂"路数"，明"变数"，才能"心中有数，遇事不慌"。这就决定了我们要乐于学习，不断优化知识结构，成为工作的行家里手。要勤于调研，始终对社情民意、发展状况烂熟于心。要勇于实践，善于发现问题，探索规律，破解难题。

各级领导干部只有时刻警惕"心中无数"的状况，养成"心中有数"的良好习惯，才能真正了解人民群众的所思所盼，才能真正掌握客观实际，真正做到耳聪目明、做有所成。

让"人才二十三条新政"
为大西安助力奔跑

（二〇一七年四月二十一日）

最近，我市出台了"人才二十三条"政策，目的在于通过"丝路英才计划""西安伯乐奖""人才培养"等三大计划、生活服务"绿卡通"等措施，使各类人才能够在西安建功立业，各得其所、各尽其能、各展其才。

"经国治邦，人才为急。"城市的发展，关键在人才。一名优秀人才就能聚集一个创新团队，就能培育一个创新企业，带动一个创新产业，打开一片全新天地。

因此，落实好"人才二十三条新政"，"政策留人、感情留人、服务留人"，聚才、育才、爱才、惜才，全心全意为人才"搭梯子、造环境、铺坦途"，打造一个百舸争流的创新创业局面，就是西安加快发展的首选之路。

首先，要用足政策，让"政策留人"。"人才二十三条新政"这一"政策大礼包"，充分体现了西安重视人才、求贤若渴的态度，条条有干货，条条都有含金量。

我们要围绕"人才二十三条新政",完善配套政策,着力构造人才发展新路径,最大程度释放人才创新创业活力;要集合政策资源,最大限度地发挥政策的叠加放大效应,让人才真正得利,让城市真正受益。

其次,要优化服务,让"服务留人"。人才的竞争,就是人才服务的竞争。我们要用"五星级"的标准,做实做优服务,贯彻落实好人才创新创业"清单制""帮办制",做到"无事不扰、有求必应",促使更多优秀人才"破土冒尖"、脱颖而出,"来了不想走"。

再次,要真情实意,让"感情留人"。招才引智,容不得半点虚情假意。要一对一和人才交朋友,定期不定期主动上门,嘘寒问暖;要带着感情为人才排忧解难,"于细微处见真心",让天下英才"扎根在西安"。

"人尽其才,则百事俱举。"各级各部门要把人才体制机制改革进行到底,打好"政策留人、服务留人、感情留人"的组合拳,使西安真正成为海内外优秀人才的吸纳地、聚集地,从而为大西安实现大发展助力奔跑。

让科技创新引领西安新发展

（二〇一七年四月二十四日）

最近，深圳市政协原副主席李连和在市委中心组学习报告会上讲到，在科技创新问题上，深圳人有一种共识：科技创新要动手早、出手快、下手狠，干得小等于白干，干得慢等于自杀。

这句朴素而直白的话，揭示了一个深刻的发展规律，即：科技发展的最大特点是"快"，是有"窗口期"的，干就要志向远大，勇立潮头，敢争第一。

也就是说，西安要想真正让科学技术成为经济发展的首要推动力，为城市发展增添新动能，就必须像深圳一样抓紧加快推进科技创新。

首先，要选准突破口。高新技术产品既要看数量更要重含金量。只有立足西安实际，有所为有所不为，突出抓好数字经济、智能制造、新材料、新能源、节能环保等战略新兴产业项目，充分发挥军工资源、科技人才资源等基础优势，才能以技术的群体性突破支撑引领新兴产业跨越式发展。

其次，要做强主力军。企业尤其是民营企业，直接面向市场，对技术创新需求变化敏感度高，创新需求强烈，是科技创新的主力军。要破除一切障碍，坚持"谁行谁上"原则，推动人、财、物等资源向重点产业、重点企业聚集，着力提升企业核心竞争力，不断做强做大做优做精。

要加快引进和培育一批创新型领军企业，掌握一批核心技术，全面提升高新技术产业竞争力和市场占有率。同时，要大力推动传统产业与高新技术的融合，让传统产业品牌化、标准化、高附加值，重新焕发出勃勃生机。

再次，要做优大平台。科技创新，关键在科技成果转化。要畅通技术交易渠道，扩大技术市场规模，让先进技术成果和市场能够有效对接，努力克服先进技术和经济发展"两张皮"的状况。

要以开放的思路、市场的办法、五星级的服务标准，聚集和配置好人才、资金、行政效能等创新要素，做优大平台、大环境，加快形成有利于创新要素流动、高效协调的生态链条，让西安的创新土壤更肥沃。

各级各部门，只有牢牢抓住科技创新这个"牛鼻子"，抢资源促创新，抓投入拓市场，让科技创新在民生改善、经济转型、城市发展中发挥突出作用，才能为大西安实现追赶超越发展打造新引擎，提供新动能。

"行政效能革命"：为群众服务，为创业"加油"

（二〇一七年四月二十六日）

昨日上午，我市召开了"'行政效能革命'动员部署千人大会"。这意味着，旨在当好"店小二"，"让网络数据多跑路，让群众和企业少跑腿"，让群众和企业办事更方便、更快捷、更满意的"行政效能革命"已全面铺开。

"行政效能革命"，不是修修补补，不是应景工作，而是直奔问题而去的"自我革命"。要实现行政效能新突破、新提升，就要充分运用"政务服务+""互联网+"，破解顽疾、自我开刀，真正做到"审批最少、流程最优、体制最顺、机制最活、效率最高、服务最好"。

首先，要清楚认识到，各级政府部门的每个人都是"局中人"。"行政效能革命"是向自己"开炮"的革命，是要"削手中的权、去部门的利、割自己的肉"的。不管是领导干部，还是普通办事员，都要把自己主动摆进去，拿出"九人抬磨盘"的劲头，心往一处想，力往一处使，才能改有所成。

其次，要算好"大账"和"小账"。实现追赶超越发展，是西安当前工作中最重要的大局，是需要我们时刻牢记的"大账"。"行政效能革命"中，不能只盘算自己的"小账"，不能只惦记自己的一亩三分地，要有大格局、大担当、大境界，在大局下行动，为大局增光添彩。

只有"小利"让位于大局，"小账"让位于"大账"，我们才能以"战地黄花分外香"的豪情壮志，以"万水千山只等闲"的过人气魄，确保"行政效能革命"出实绩、出实效。

再次，要明确阶段性目标。"行政效能革命"，是一项系统工程、长期工程，不是开个会、发个文件就能完成的。只有横下一条心，用"蚂蚁啃骨头"的劲头，一个难点一个难点去突破，一个节点一个节点去推进，才能叫得响、做得实。

要紧盯工作方案明确的 50 项重点改革任务，突出"四张清单一张网"这个重点，找准"最多跑一次"这个突破口，一个问题一个问题去解决，把"最多跑一次"干到群众的心坎儿上。

"行政效能革命"的效果，需要群众来检验，需要群众来评判。我们要以"寸进之功，毫米之变"的精神，一步一个脚印，拆掉堵在党和群众之间的"隔心墙"，为企业"松绑"，为创业"加油"，让群众满意、让城市受益。

要尊重劳动的价值

（二〇一七年四月二十八日）

　　再过两天，我们将迎来"五一"国际劳动节。自1889年7月，恩格斯领导的第二国际代表大会决定将每年5月1日定为国际劳动节以来，"五一"国际劳动节就成为全世界劳动人民共同拥有的节日。

　　"民生在勤，勤则不匮。"当下的西安，正处在追赶超越的关键时刻，此情此景中，我们更需要隆重纪念"五一"国际劳动节，尊重劳动的价值，牢固树立"劳动最光荣、劳动最崇高、劳动最伟大、劳动最美丽"的观念，用全市上下辛勤的劳动、拼搏的汗水，埋头苦干，善干巧干科学干，为振兴大西安而不懈努力。

　　这其中，就需要一大批高素质的劳动者。没有高素质的劳动者，没有一批批引领时代潮流的劳模群体，就没有城市的跨越式发展。我们要大力弘扬劳模精神，提高劳动者的素质，让各行各业都能学习新知识、掌握新技能、增长新本领；

要利用好"人才二十三条"等新政，吸纳更多的年轻人、优秀团队、行家里手到西安，为城市大发展贡献力量。

人有了，就要解决"舞台"的问题。我们要用"五星级"的服务标准、"店小二"的作风，营造好"开明开放、创新创业"的浓郁氛围，让每一位劳动者都能找到适合自己创新创业的职业和平台，都能找到可以挥洒人生的舞台，从而成就价值、创造财富。

此外，我们要始终秉持以人民为中心的发展思想，全心全意为工人阶级和广大劳动者谋福利，让每一个辛勤劳动的人都"劳有所得、干有所值"。

这就决定了，我们要创造更多的就业岗位，改善就业环境，提高就业质量，让劳动者能够有一份"体面而有尊严"的收入；要以技能培训、收入分配、社会保障、劳资关系等问题为抓手，确保每一位劳动者都能舒心地参与到城市建设中来，都能分享城市发展的成果。

劳动是解读历史、创造未来的一把钥匙。在这样一个奔赴梦想的时代里，在这样一个伟大的城市里，我们要让劳动者的声音更响亮，要让劳动的价值更加彰显。唯其如此，西安发展前行的道路才能越走越宽。

用奋斗的青春书写城市未来

（二〇一七年五月三日）

明天是"五四"青年节。这一天，是青年的节日，也是青年的荣耀。首先，要向奋斗在全市各条战线上的青年朋友们，致以节日的问候！

"五四"青年节，源于98年前的"五四运动"。尽管时光荏苒已近百年，但"五四青年"鲜明的青春色彩，"爱国、进步、民主、科学"的"五四精神"，依然在历史的天空中熠熠生辉。

因此，我们要始终牢记"五四"的价值，用青年的梦想与奋斗，为城市发展注入青春活力，让西安成为一座充满梦想、朝气蓬勃、开明开放的"青春之城"、"创业之城"和"奋斗之城"！

梦想是青春最宝贵的财富，奋斗是青春最厚重的底色。我们要让被梦想包裹的年轻人，能够挑起创新创业、勇立潮头、敢为人先的重担，挥洒奋斗的人生，成就城市的梦想。

更重要的是，一座有追求的城市，一定是朝气蓬勃、活力四射、青年云集的城市。这就决定了我们要健全机制体制，激发城市活力，将西安打造为"创业之城"，为年轻人绽放青春、追逐梦想提供梦想剧场和最佳舞台，让青年在城市获得成功，让城市因青年而更加闪亮。

　　我们还要紧紧围绕实际来设计服务内容，从落户、住房、就医、就学、创业等方面入手，为青年打通向上的通道、创新创业的路径，让西安成为"宜居之城、宜业之城"，尽最大努力让年轻人宜居在西安、兴业在西安、成就在西安。

　　青年的梦想，就是城市的梦想；青年的成功，就是城市的成功；青年的崛起，就是城市的崛起。希望全市广大青年，敢于有梦、勇于追梦、善于圆梦，用青春的激情和奋斗，成就青春的事业，书写自己和城市的精彩未来。

按下快进键，跑出加速度

（二〇一七年五月五日）

昨天召开的全市一季度"追赶超越"点评会，总结了一季度的工作亮点，分析了当前存在的主要问题，点出了士气和激情，评出了目标和方向。

"生活从不眷顾因循守旧、满足现状者，从不等待不思进取、坐享其成者。"西安要实现"追赶超越"发展，就要牢固树立"开局就是决战，起步就是冲刺"的意识，就要"按下快进键，跑出加速度"。

"快进键"代表着发展决心，"加速度"呈现的是发展态势。虽然我们正处于大西安大发展的黄金机遇期，但机会不等人，机遇也有窗口期，把握不住的话，再好的机遇都会迅速消失，再好的思路都会软弱无力。

"按下快进键"，就是要把市委的决策第一时间传达到位、落实到位，确保每个区县、每个部门、每个党员干部、每个人，都能快速响应、迅速行动、直达目的；就是要对工作的目标、路径、进展清清楚楚明明白白，知道好的为什么好，差的为什么差；就是要有"做强长板、补齐短板"的意识，精准发力、持续提升。

追赶要"跑出加速度"，超越更要"跑出加速度"，跑出具有竞争力和示范性的加速度。这其中，既需要各显所能，人人奋勇争先，又要在系统效率、团队速度上做文章，让团队加速、系统加速、个体加速协同发展、共同推进。

同时，对不拼不跑、不思进取，连续坐倒数第一、倒数第二"交椅"者，该问责就问责，该调整就调整！要让"追赶超越"成为潮流、成为时尚，切实打造追先进、当先进的浓郁氛围。

无论是"聚焦'三六九'，振兴大西安"的宏伟蓝图，还是每个区县、每个部门阶段性的"小目标"，要开出花朵、结出果实，就必须杜绝"一慢二看三通过"，沉下身子干干干，用思想上和行动上的改革创新，拼出一片新天地，绘就一番新事业！

"按下快进键，跑出加速度"，是破解要素制约，激发城市活力，实现"追赶超越"发展的状态要求。各级各部门一定要更新状态、提振精神，干出大西安大发展的大势头，推动西安经济社会更好更快发展。

让市场主体更多起来

（二〇一七年五月八日）

一季度，我市新登记各类市场主体52192户，日均新登记580户，净增各类市场主体4.3万户。这说明，我们的市场主体在快速增长，市场活力在不断增强，经济发展呈现出一路向好的态势，让人高兴！

市场经济条件下，得市场主体者得天下。各类市场主体，是鼓励创业、增加就业、技术转化、科技创新、贡献税收、促进发展的"主力军"。过去打仗，要"韩信点兵，多多益善"，今天大西安要大发展，市场主体也要越多越好，越大越好。

也就是说，要保持一季度市场主体展现出来的勃勃生机，就要继续呵护市场主体，持续做优做强服务，营造"雨水充沛、养分足够"的土壤环境，让各类市场主体能够有更优、更好的成长空间。

首先，要更精准地清除创新创业的"堵点"。要认真研究，企业从成立之初到成长壮大的过程中，手续怎么办，环节怎么走，如何更方便；要着力破解"肠梗阻"，让创新创业的想法，一旦具备条件，就能破土发芽，使新企业不断涌现；要通过创业带动就业，让创业者能轻松快捷地进入创新创业的赛场中。

其次，要更用心地清除企业和群众办事的"痛点"。要把企业和群众当亲人，用心分析企业和群众办事的过程中，有哪些"弹簧门""玻璃门""天花板"；要紧紧围绕权利公平、机会公平、规则公平做文章，下硬茬整顿和规范市场秩序，让企业在成长的过程中，能够享受到优质而高效的行政效能服务、信息服务和金融帮助。

再次，要更细致地清除公共服务的"盲点"。要不断梳理，在公共服务的过程中，还有哪些不到位、不细致的地方；要把服务企业当本职，以企业需求为导向，下大力气解决公共服务中的"盲点"问题，切实为企业松绑，让企业如沐春风、如鱼得水。

市场主体潜力、活力的迸发，是城市经济增长的基础，是企业成长壮大的支撑。我们要以更加主动的态度、更加有效的措施，努力培育"参天大树"与"茵茵绿草"共生共济的市场生态，让大西安焕发出热潮涌动、百舸争流的勃勃生机。

大西安要做全省发展的"领头羊"

（二〇一七年五月十日）

5月8日上午，省委书记娄勤俭在参加省第十三次党代会西安代表团讨论时要求，要发挥大西安引领作用，解放思想、真抓实干，在全省率先完成培育新动能、构筑新高地、激发新活力、共建新生活、彰显新形象战略任务。

这就意味着，大西安要放大格局、担起责任，做好全省发展的"领头羊"。这其中，首要是把握好后工业化社会特征，尊重发展规律，紧紧抓住创新机遇，持续不断聚集创新资源和要素，加速结构优化和动力转换。

后工业化社会特征，就是以信息和知识为关键变量，在新一轮科技革命中带来的新技术、新产业、新业态、新模式。因此，如何通过创新驱动，发挥知识和信息优势，让城市发展不断迭代升级，就是不可回避的发展课题。

习近平总书记指出，创新是从根本上打开增长之锁的钥匙。谁抓住了科技革命的机遇，谁下好了科技创新这步先手棋，谁就能占领先机、赢得主动。技术和市场结合以后，就会迸发出巨大的潜力和活力。

所以，既要对老技术、老产业进行升级换代，使其重新焕发勃勃生机，还要"立于西安而怀远"，牢牢占据创新发展的前沿，大力推动技术创新、产业创新、商业模式创新，持续释放新活力，持续培育新动能。

我们的优势，在于人才聚集度高，科研实力雄厚，但优势要转化为胜势，还有很多路要走。这其中，离不开优美的生态环境，离不开高效的行政效能，离不开规范的市场秩序，离不开充足的城市活力，哪一个环节出了问题，效果都难如人意。

因此，坚持科技创新和制度创新两轮驱动，营造良好产业生态和创新创业生态，塑造更多依靠创新驱动，更多发挥技术优势的引领型发展，有效支撑城市经济中高速增长，将是今后五年的必然选择。

思路决定出路，创新决定未来。只有让创新浸入大西安发展的骨髓，不拘束、不守旧、不畏惧，才能当好全省的"领头羊"，为陕西追赶超越贡献更多的西安力量。

让企业家更有信心

（二〇一七年五月十二日）

一季度，我市企业景气指数为117.3%，较去年四季度提高7.2个百分点，企业家信心指数为117.9%，同比提高9.1个百分点。这说明，各类企业、企业家对西安经济发展前景的信心在增强，西安已成为国内企业家投资的热点城市！

"信心比黄金更重要。"企业景气指数和企业家信心指数是综合反映企业及企业家对当前宏观经济形势和发展趋势乐观程度的指标，往往被视为城市活力、经济发展前景的风向标、晴雨表，备受各界关注。

优异的成绩让人欣喜，但如何保持住这种良好势头，如何"百尺竿头更进一步"，让企业更景气，让企业家更有信心，让城市活力更加彰显，却是需要我们持续思考并认真回答的重要命题。

保持好活力，就要继续在优化环境上用力。"鱼逐水草而居"，企业、企业家也像"鱼儿"一样，总是向环境好的地方游动。

要管好山治好水、搞好园林绿化、做好市容卫生，创造"看得见、摸得着"的宜居环境；要持之以恒地落实好"最多跑一次"等便民、利民措施，让法治、权利、规则等"看不见的东西"更有效率，让企业办事更舒心。

保持好活力，就要继续在扩大有效投资上用力，特别是要促进民间投资发展！有效投资的多少，决定着城市经济的规模、质量与效益，是经济活力的重要支撑。要摆好项目布好点，抓好事关人民福祉、具广阔前景的重大项目建设，力争早开工、早建成、早达效；要搞好要素配置，以政府投资带动民间投资、社会投资，做好金融、信息等方面的服务，为好企业好项目最大程度"松土除虫"、保驾护航。

保持好活力，就要继续在改革创新上用力。"问渠那得清如许，为有源头活水来。"要敢于打破旧的坛坛罐罐，多谋新点子，多找新路子，让新业态、新企业、新项目不断涌现；要用足用活用好"一带一路""国家中心城市"等国家战略牌子，善于从中挖掘机遇、激发活力、创新创业、构建舞台。

"好风凭借力，送我上青云。"企业景气，则经济繁荣；企业家信心十足，则城市未来可期。我们要紧紧依托一季度的良好态势，站上潮头谋未来，握住机遇促发展，让大西安成为活力四射、生机盎然的一方热土，成为国内外企业家越来越青睐的投资热点城市！

要把贯彻省党代会精神
作为当前重要政治任务

（二〇一七年五月十五日）

　　刚刚闭幕的省第十三次党代会，是全省各级党组织和全省人民政治生活中的一件大事，是一次凝心聚力、绘就蓝图、共谋发展的大会，选举产生了新一届省委班子，意义重大，影响深远。

　　精神催生动力。学习贯彻省党代会精神，是当前和今后一个时期全市上下的一项重要政治任务，容不得丝毫马虎，我们要不断深化思想、提高认识，学习好、理解好、贯彻好，为全省作出示范和表率。

　　学习贯彻省党代会精神，首先要理解好、宣传好。省第十三次党代会为全省未来五年的发展提供了遵循，明确了路径和方法，是我省决胜全面小康、加快富民强省、奋力追赶超越的行动纲领。

　　要理解精神内涵，把省党代会"五新战略"精神和"四个走在前列"紧密结合，和娄勤俭书记来西安团讨论时提出的"五点要求"紧密结合，和"聚焦'三六九'，振兴大西安"紧密结合，和当前全市各项重点工作紧密结合，和年度目标任务紧密结合，学出责任，学出使命。

要充分利用报纸、电视、新媒体、专题座谈会等宣传手段，多渠道、多措施宣传学习，让省党代会精神进机关、进社区、进企业，做到家喻户晓、耳熟能详，为大西安大发展汇聚磅礴力量。

学习贯彻省党代会精神，更要贯彻好、落实好。要紧紧围绕"五新战略"，明确工作重点、发展路径、时限目标、具体责任，一步一个脚印，挂图作战，确保落实到位；要把思想和行动，统一到省党代会精神上，统一到省委对未来五年的决策部署上，不断对标对表，持续用力，自我加压，干在关键处，干在群众的心坎儿上。

好报告、好班子，是省十三次党代会的两项重大成果，必将进一步激发全市上下更加紧密地团结在以习近平同志为核心的党中央周围，为全面落实"五个扎实"，奋力"追赶超越"凝聚智慧、贡献力量，以优异成绩迎接党的十九大胜利召开！

脱贫攻坚要和区域发展相结合

（二〇一七年五月十七日）

前不久的省第十三次党代会上，省委书记娄勤俭同志在参加西安代表团讨论时指出，要抓住打赢脱贫攻坚战这个加快发展的难得契机，坚持脱贫攻坚和区域发展相结合，做到发展和民生相互促进、相得益彰。

也就是说，脱贫攻坚和区域发展是辩证统一的关系。只有遵循"四化同步"规律，在工业化、信息化、城镇化、农业现代化同步发展的过程中，使困难群众吃穿不愁、幸福在手，才能脱真贫、真脱贫，让一方水土养一方人。

这就决定了"脱贫攻坚"不仅仅是个政策词汇，更是一个发展课题，不仅考验着我们对群众的感情、脱贫攻坚的决心，还考验着我们推进产业发展、优化产业模式的本领。

一要抓住改善生产生活条件这个关键点。困难群众的生产生活条件是影响脱贫效果的关键因素。要以移民搬迁、环境改善、公共服务、安全饮水、道路建设为切入，下大力气改善困难群众生产生活条件，夯实贫困地区发展基础，引导困难群众"脱贫摘帽靠自己"，用辛勤劳动换取美好生活。

二要扭住产业发展这个支撑点。脱贫不脱贫，最终还得靠产业说话。要精准选择产业脱贫路径，深入学习先进地区产业发展的经验和模式，做到与本区域产业发展融会贯通，用产业带动脱贫；要利用好土地流转、"龙头企业＋基地＋合作社＋农户"、"大户带小户，联户发展，合作分成"等新办法、新模式，因地制宜、因人施策，做到宜农则农、宜工则工、宜商则商、宜游则游、宜林则林。

三要盯住良好生态这个优势点。我市的贫困人口主要集中在秦岭沿山一带，生态资源优势明显。各级帮扶干部要践行好"绿水青山就是金山银山"理念，依托生态优势，组织好、实施好各种生态项目，大力发展绿色产业，让生态旅游、生态农业成为困难群众脱贫奔小康的"制胜法宝"。

"善除害者察其本，善理疾者绝其源。"牢固树立脱贫攻坚和区域发展相结合的意识，切实提高"四率一度"，让困难群众充分享受到发展的成果，共建新生活，快步过上好日子，就是我们以实际行动贯彻省第十三次党代会精神的应有之义。

建设大西安要有大格局

（二〇一七年五月十九日）

大西安该怎么建？省第十三次党代会上，省委书记娄勤俭同志在参加西安代表团讨论时指出，在建设大西安的过程中，要摒弃简单拓展地盘、扩张领域的发展思路，进一步放眼全国全省，立足大西安，以大格局来思考问题、谋划工作、推动发展。

大格局，就是"眼要宽"。要有国际眼光、现代思维，善于从别人的得失中总结经验、汲取智慧，善于尊重和把握规律、避免弯路、后来居上；要理清坐标，把大西安放到"一带一路"、现代化国际化大都市、国家中心城市、全省和关中城市群等不同维度的坐标体系中，审视考量、综合统筹、提升功能。

大格局，就是"眼要远"。要"风物长宜放眼量"，不能只看眼前利益、部门利益，更要看长远利益、全局利益；在做大空间的同时，还要提升硬件、做优软件、做出特色，在经济实力、产业结构、民生改善、生态保护、城市面貌、文明素养等方面齐头并进、同步壮大，让大西安成为一座"来了就不想走"的城市。

大格局，就是"眼要高"。要向高的学习、好的对标，盯着一流干，干就干出色，在争取"单打冠军"的基础上，努力向"全面冠军"迈进；要定好阶段目标，一年一个台阶，一个目标一个目标去达成。

就像"大上海"，城市规模不仅仅是"大"，更重要的是，它在百年城市发展历程中，在经济发展、城市管理、规划布局、思维观念等方面，始终充满了现代时尚与大气；建设大西安，亦是同样道理。

简而言之，大西安的"大"，是全方位的"大"，是既"强"又"特"的"大"。只有清楚认识理解到，大西安"大"在哪里，我们才能"大"出境界、"大"出品位，才能把省第十三次党代会建设大西安的精神贯彻到位、落实到位。

要用好"民情大数据地图"

（二〇一七年五月二十二日）

自4月份"民情大数据地图"建设工作启动以来，我市基层党员干部已累计联系走访群众104万人次，建立民情档案64万余户，80%的村完成手绘地图，60%的村实现了计算机录入。这份沉甸甸的成绩，是全市上下转变作风、共同努力的结果，是"用脚步丈量民情，用行动贴近民声"的真实体现，让人欣慰。

但是，良好的开端只是成功的一半，要想让"民情大数据地图"这个新载体、新手段，真正提升各级党员干部为民服务的效率和质量，成为基层党建、社会治理和脱贫攻坚的有力抓手，还必须解决好"怎么用"的问题。

一是要成为密切干群关系的"连心图"。"勤走访、巧借力、常更新"的"画图"过程，就是不断深入群众、靠近群众的过程。只有在"画图"的同时，把各种情况烂熟于心、善于运用，才能真正和群众打成一片，为群众排忧解难，彰显党的好形象。

此外，要建立"走村不入户、群众来监督"的反向监督机制，让群众来评判干部是不是带着真心来"画图"，是不是带着真情来服务群众；要定期举办民情地图"大比武"，确保"民情大数据地图"的有效性和正确率，经常性地晒一晒干群关系的亲密度。

二是要成为基层社会治理的"和谐图"。要紧紧依托"民情大数据地图"，从群众的角度考虑问题，用群众的语言解决问题，在化解矛盾纠纷、防灾避险、困难互助、环境整治、河道治理等方面发挥关键性作用，从而达到良好治理效果，促进社会和谐。

三是要成为脱贫攻坚的"作战图"。"民情大数据地图"中的社情民意、资源禀赋、产业规划、结对帮扶等信息，可以有效助力脱贫攻坚。要挂图作战、精准施策，运用大数据分析的手段，定好符合实际情况的阶段性目标，从中挖掘出一批适合村情民意、有利于增收致富的好产业，发现一批有威望、有能力的致富带头人，带领困难群众致富奔小康。

"民情大数据地图"只有进行时，没有完成时。只有把"民情大数据地图"自觉融入日常工作中，抓实、抓细、抓久，用足、用活、用好，才能引导广大党员干部真正做到身入、心入、融入基层，从而为大西安大发展凝聚力量。

"车让人" 让大西安更文明

（二〇一七年五月二十四日）

5月12日起，我市大力推行文明交通"车让人"活动。经过10多天的努力，越来越多的司机，在行驶至斑马线前的时候，都能够自觉踩下刹车，让行人优先通过，安全文明的城市交通秩序正在形成。

这样的场景让人欣慰。毕竟，斑马线前的"车让人"不仅仅是个交通安全问题，更是对生命的尊重，直接反映着城市文明程度，直接关涉着城市温度，是城市更加有序、规则有效执行的具体体现，是建设"宜居宜业宜游"城市的应有之义，我们有充足的理由将其做扎实、做到位。

其实，"车让人"的背后，考验的是车辆和行人对交通法规的遵守和执行，考验的是对各种规则的遵守和执行。我们只有真正把规则意识写入内心、形成习惯，才有底气、有资格建设"宜居宜业宜游"城市。

就像杭州，"车让人"不但重新塑造了城市形象，让人心生好感，还潜移默化地影响着城市精神风貌，改变着城市秩序。大西安要大发展，就一定得从"车让人"这样的小事抓起，一个骨头一个骨头去啃，一个问题一个问题去解决，最终让市民守秩序、公共场所文明礼让、人与人互相尊重、人与自然和谐相处成为一种全民习惯和城市品格。

于此而言，"车让人"其实包含两方面的内涵：其一，车要爱护行人、尊重行人，不倚仗"强势地位"做超越规则的事情；其二，人也要遵守道路规则，不做随意横穿马路等阻碍正常交通秩序的事情，让车走得顺畅、走得舒心。

这就意味着，我们要继续做好宣传引导，让每一个人都能把对《道路交通安全法》的敬畏，变成一种很自然的"本能反应"；要继续优化道路条件，看哪些斑马线设置还不合理，哪些红绿灯设置还不科学，哪些道路设置没有做到"以人为本"，哪些典型道路违法行为还需要纠正。

"车让人"，让出一片安全，让出一片秩序，让出一个文明的大西安；"人守规"，守出一份温情，守出一份理解，守出一份和谐。只要全社会一起行动起来，努力营造敬畏规则、遵守规则、礼让和睦的氛围，在每一个细节上都能展现最好的自己，我们就能站上城市文明的新高度，让大西安的明天更加美好。

绝对忠诚是第一要求

（二〇一七年五月三十一日）

当前，大西安正处在大发展的黄金机遇期，大发展必然有大机会、大责任，全市广大党员干部要深入思考：如何才能立足岗位、忠诚履职，如何才能干出最好状态，如何才能干出无愧于历史的成绩？

首先一点，就要做到对党绝对忠诚。习近平总书记强调："全党同志要强化党的意识，牢记自己的第一身份是共产党员，第一职责是为党工作，做到忠诚于组织，任何时候都与党同心同德。"这种要求，既是共产党员党性修养的真实体现，也是大西安大发展的根本前提，任何时候，都要牢记在心。

然而，忠诚不能只停留在表态上、口头上，更要体现在具体实践中。只有牢固树立政治意识、大局意识、核心意识、看齐意识，坚决维护以习近平同志为核心的党中央权威和党中央集中统一领导，才是真正的忠诚、纯粹的忠诚，才能真正做到铁心向党。

具体来说，就是要集中全部精力，确保习近平总书记治国理政新理念新思想新战略和中央的路线方针政策在西安一个声音贯到底，确保"追赶超越"在全市一以贯之抓到底；就是要确保省委提出的"四个走在前列"要求和"五新"战略，始终贯穿于西安未来发展，一心一意干好西安的事，谋好西安的发展。

这就意味着，牢记使命、勇挑重担、狠抓落实就是检验我们政治责任、政治觉悟和政治品质的标尺，也是检验绝对忠诚的标尺。只有每个人的一点一滴、一言一行中，坚决杜绝思想行为出轨越界、跑冒滴漏现象，坚决抛却私利，为党和人民的事业奉献终生，坚决做到胸怀坦荡、襟怀坦白，公而忘私、勤奋敬业，无私无畏、敢于担当，才能造就一个人的忠诚。

忠诚是现实的、直接的、具体的。我们每个人都要时刻叩问自己：是否把中央和省委、市委的部署决策做到坚决贯彻？是否用心用情用力做好每一件事情？是否始终在所从事的事业、所做的工作中书写忠诚？

今年，党的十九大就要召开。在这历史性的关键时刻，我们要始终牢记绝对忠诚这个第一要求，面对艰难险阻豁得出去、顶得上去，敢于到条件艰苦、情况复杂、矛盾集中的地方去，坚定不移为党分忧、为国奉献、为民谋利，撸起袖子加油干，用大西安大发展为十九大的胜利召开交上一份精彩的答卷。

紧紧抓住发展第一要务

（二〇一七年六月二日）

发展是解决一切问题的"总钥匙"；加快发展是追赶超越的本质要求，是省第十三次党代会给我们提出的首要任务。大西安要站上更高舞台，就要紧紧抓住发展这个第一要务，通过又好又快的发展来解决问题、破局突围。

一是要系统谋划。省、市党代会为大西安大发展绘就了宏伟蓝图，要盯着蓝图统筹好创新发展、融合发展、互补发展、加速发展各个方面；要吃透中省精神，把握西安实际，谋划好眼前和长远、整体和部分、过程和结果各个层次；要集成好土地、人口、产业、科技、文化、金融各个要素，握紧拳头、精准发力，发挥最大效能；要最大限度调动"作战部队"的积极性，一手抓经济民生，一手抓环保生态，凝聚大合力，谋取大未来。

二是要突出重点。抓发展，不能"眉毛胡子一把抓"，不能平均用力。要紧紧围绕省委提出的"四个走在前列"要求和"五新"战略，牵住牛鼻子，明确本部门、本领域的工作重点和主攻方向；要挂图作战，区分轻重缓急，以重点工作突破带动经济社会全面发展；要落实好市委各项决策，以创新驱动为动力，做强实体经济，占领技术高地，营造创新创业浓郁氛围，不断激发城市活力。

三是要补齐短板。抓发展，就是要让"短"的变长，"长"的更强。要找准摸清"长短点"，知道"长"在哪里、"短"在哪里，坚定不移地打响、打好补短板这一关键战役；要坚持问题导向，敢于直面难点、焦点、热点问题，以发现问题的敏锐、正视问题的清醒、解决问题的自觉，加快实现高质量、均衡化发展。

发展抓了没有、抓得怎么样，骗不了人。我们要把"第一要务"的精髓，切实体现在思想认识、工作作风、政策制定、工作安排、任务落实上，用实实在在的成效、经得起历史检验的成果，实现好、维护好最广大人民的根本利益，让人民群众有更多的幸福感、获得感。

发展如逆水行舟，松不得、慢不得。全市广大党员干部要在习近平总书记系列重要讲话精神和治国理政新思想、新理念、新战略的指引下，紧紧抓住发展这个第一要务，苦干实干拼搏干，善干巧干科学干，努力推动大西安实现更高质量、更有效率、更可持续、更有温度的大发展。

抓项目决定招商引资效果

（二〇一七年六月五日）

这几天，2017 丝博会暨第 21 届西洽会正在西安举行。西安分团不但推出了 381 个项目，还在 6 月 3 日开幕当天，签约项目 73 个，总投资达 2130.2 亿元，让人欣慰。

但要看到，高规格的展会只是给招商引资提供了一个绝佳平台，要想继续在平台上找到机遇、变机遇为胜势，保持招商引资良好态势，就需要我们用"五星级"的行动力，做实做优做细服务，持之以恒地抓好项目。

其一，决心第一，成败第二。抓项目的过程中，没有"假如"，只有必须。一旦确定目标，就要坚信"信心比黄金还重要"，就要"横下一条心""咬定青山不放松"，哪怕有 0.1% 的可能，也要付出 100% 的努力，不能事情还没干，就琢磨着企业能不能来、不能来怎么办。

其二，速度第一，完美第二。惠普有个著名的速度逻辑：先开枪，后瞄准；我们抓项目也应如此。不要总想着一次到

2017 丝博会暨第 21 届西洽会签约仪式

位，出手的速度永远比完美重要，就像冲浪，有了速度，才能站起来，才能调整姿势、加速冲刺。

因此，只要有机会吸引投资，就一定要赶快出手，第一时间对接企业、第一时间服务企业，坚决不能有"再等等、再看看"的思维；不要害怕困难多，要贴身服务，事不过夜马上办，快速有效地帮助企业解决土地、手续、金融、信息等"痛点"问题，让企业能够充分感受到诚意。

其三，结果第一，理由第二。签约是第一步，关键看落地。要定好目标、做好规划，一个难题一个难题去破解，一个目标一个目标去达成，不能半途而废；要有"刀下见菜"的意识，引不来大项目也要引来小项目，引不来小项目也要密切联系，为今后的合作提供更多可能。

抓项目就是抓发展。招商引资战场上，谁的行动力更强，谁能把工作做得让企业满意，谁就有更强的竞争力，谁就有更光明的未来。我们一定要强化作风，用"五星级"的行动力抓好项目，为大西安大发展助力加油。

"一带一路"上要有"西安速度"

（二〇一七年六月七日）

2017 丝博会暨第 21 届西洽会今天就要闭幕了。截至 6 月 5 日，西安已经签约了 238 个项目，总投资额 6596.94 亿元。这其中，既有万达文旅城这样的总投资 660 亿元的"大项目"，又有赛诺菲生物疫苗这样的来自欧洲、投资 10.6 亿元，极具成长空间与技术优势的高新技术产业"小巨人"。现在西安已成为国内外投资热点城市！

"天下宾客，纷至沓来"，是一种认可，也是一种希望。一方面，我们要继续做实做细做优服务，让西安的科创资源、地理区位、产业发展、政策服务保障等优势资源，更多更好、更具魅力；另一方面，要用"西安速度""西安力量"抓好落实，用一个个好项目的落地，带动大西安大发展。

"西安速度"，就是要像改革开放初期的"深圳速度"一样，在"一带一路"的国家战略中，在大西安大发展的伟大征途中，跑出过人速度，成为效率标杆；"西安力量"，就是要紧紧抓住各种黄金机遇，不断做大做强做优体量，牢牢占据发展优势。

要有"西安速度""西安力量"，就要"以项目落地论英雄"。大发展，必然有大项目、大建设。要制定好"项目落地清单"，按图索骥、挂图作战，通过"项目落地服务月"等活动，不断优化环境，抓好后续服务；要按照"谁签约、谁跟踪、谁督办、谁落实"的原则，切实盯紧盯实，确保每一个签约项目都能早落地、早建成、早投产、早收益。

要有"西安速度""西安力量"，就要"一切围着项目转，一切围着项目干"。只有像"贴身保姆"一样，对项目落地中的难点问题第一时间发现，第一时间研究，第一时间解决，减少一切可以减少的审批，优化一切可以优化的环节，才能最大程度聚集合力、加快速度、提高效率。

"离开落地的齿轮，世界将停止转动。"作为"一带一路"重要节点城市，西安要志存高远，创造大未来，就一定要从项目落地抓起，用时不我待的劲头，埋头苦干、奋发向上，认真做好每件事情，让"西安速度"与"西安力量"成为城市发展中最闪亮的名片。

要狠抓督查促落实

（二〇一七年六月九日）

近日，中央印发了《关于加强新形势下党的督促检查工作的意见》。《意见》深入贯彻党的十八大以来以习近平同志为核心的党中央对加强督促检查、抓好落实做出的一系列重要指示和部署，是我们抓落实、促发展，破解改革难题的有力武器。我们一定要学习好、理解好、落实好！

这就意味着，我们要紧紧围绕大西安大发展这个大局，把督查工作作为推动决策落实的重要手段，重点工作推进到哪里，督查工作就跟进到哪里——像脱贫攻坚、招商引资、创新创业、"最多跑一次"、深化改革等重点工作，就要通过督查来确保效果。

但要重申的是，既督又查才叫督查，只督不查、只查不督，都不是督查。只有用钉钉子精神，坚持问题导向，时刻聚焦问题，既督任务、督进度、督成效，又查认识、查责任、查作风，敢于较真碰硬，不回避每一个矛盾，不放过每一个问题，督查才能"喊响叫亮"。

全市各级党委，尤其是党委"一把手"，一定要强化党委的督查工作主体责任，亲自抓督查、经常抓督查，将作决策、抓督查、保落实一体部署、一体推进；要加强督查机构和队伍建设，让"最硬的人"干督查、抓落实，确保效果。

抓好督查，容不得半点"花架子"。要对督查中发现的问题进行认真研究梳理，列出问题清单和责任清单，明确时限要求，坚持有什么问题就整改什么问题，是谁的问题就由谁来整改；对落实不力、整改不到位的要严肃追责，让领导干部真正绷紧抓落实这根弦。

督查不是和谁"过不去"，而是衡量工作的质量仪，是衔接顶层设计、中层操作与基层落实全链条的"紧固件"。对领导干部来说，既然在岗在位，就得扛起责任、尽心履职，不断增强干事创业的主动意识，这样，才能让落实成为托起大西安大发展的有力臂膀。

"名必有实，事必有功。"督查的目的在于打通关节、疏通堵点、提高质量，只有把各项工作都放到督查的坐标中称一称、比一比，我们才能激活状态、明确目标、总结得失，确保工作部署时的"好承诺"，最后都能成为工作实践中的"好成果"。

要做好产业扶贫这篇"大文章"

（二〇一七年六月十二日）

5月底，我市脱贫攻坚数据清洗工作全面完成。这就意味着，"精准识别"这一脱贫攻坚的基础性工作已经夯实筑牢，我们的工作重点将从问题整改和精准识别扶贫对象阶段全面转入落实各项帮扶措施阶段。

这一阶段，产业扶贫是重中之重。要提高贫困地区自我发展能力，拔掉"穷根"，实现稳定脱贫，就一定要做好产业扶贫这篇"大文章"，努力做到"发展一个产业、带动一方经济、富裕一方百姓"。

一是要找准产业。产业扶贫，找准产业是关键。要以农业供给侧结构性改革为发力点，紧紧依托资源禀赋想办法、谋路子，做到宜农则农、宜工则工、宜林则林、宜游则游；要用市场意识、科技手段改造提升传统产业结构，做到提质增效，让每一个乡镇、每一个村子、每一个贫困户都有走向市场的产业。

二是要找准模式。产业扶贫，需要新产业新业态，需要拓展产业链价值链。要加快推进农村集体产权制度改革和"三权分置"改革，完善利益联结机制，"把资源变资本、把投资变股金、把农民变股民"，激发农村产业发展新活力；要切实改变家庭小作坊式生产模式，围绕主导产业，扩大规模，提升品质，争创品牌；要通过"互联网＋"现代农业行动，促进贫困地区产业经营主体、加工流通企业与电商企业全面对接融合，让"信息进得来，产品出得去"。

三是要找准骨干。产业扶贫，离不开骨干企业和好的带头人。要鼓励干得好的企业，更新技术水平，扩大经营规模，打响品牌效应，坚定不移做大做强；要引入更多优秀企业、专业人才，参与到产业扶贫中来，开创产业扶贫新天地；要大力发掘本地区产业发展中的"能人"，加强教育培训，帮助他们解决信息、资金、技术等难点问题，让"先富带动后富"。

要打赢脱贫攻坚战，就必须充分发挥产业扶贫的重要作用。只有紧扣"精准"二字，以更加明确的目标、更加对路的政策、更加有力的举措、更加扎实的行动，量身定做、对症下药，才能让富民产业红火起来，才能栽"富根"、开"富路"！

"两学一做"要学在经常做在日常

（二〇一七年六月十四日）

前不久，中央就推进"两学一做"学习教育常态化制度化，做出专门部署、提出明确要求。目前，全市上下正在认真贯彻执行中，进展良好。

抓好党建是最大的政绩。党建抓实了就是生产力，抓细了就是凝聚力，抓强了就是战斗力。因此，我们一定要持之以恒地抓好"两学一做"学习教育常态化制度化，为大西安大发展提供有力支撑。

一是要抓经常。"政贵有恒，治须有常。"要严格按照党章规定，落实好"三会一课"等"必修课"，持续学、深入学，学深悟透，坚决避免"走形式""一阵风"；要突出问题导向，带着问题学，针对问题改，把合格的标尺立起来，不断增强"四个意识"，做到"四个合格"，确保思想始终处在要求之中。

二是要抓践行。"两学一做"学习教育常态化制度化的效果，最终要在改革发展的一线去体现。无论是基层支部还是个人，都要对标对表，时刻把自己在日常实践中的思想状态、言行举止、工作方法校正到正确的道路上来，确保目标不跑偏；要立足岗位、认真履职，在脱贫攻坚、招商引资、"最多跑一次"等重点工作中，坚持学用结合、知行合一，用优秀共产党员的标准衡量检验，不断增强推动大西安大发展的决心和能力。

三是要抓示范。"优良的示范是最好的说服。"各行各业的优秀共产党员是全体党员的表率，对激发党员先锋意识有着标杆作用。领导干部是"关键少数"，要带头严要求、做示范，以实际行动赢得党员群众的认可；要把做得好的先进典型树起来，用榜样的力量鼓舞人、激励人，感召更多人跟着学、照着做；每个党员、每个支部，也要选择比学赶超对象，找差距、寻短板，在不足处找突破，在突破中找到更好的自己。

"打扫思想灰尘、祛除不良习气、纠正错误言行永无止境，永远都是进行时。"只有把"两学一做"学习教育常态化制度化，抓实抓细抓长，我们才能以党的建设和经济社会发展的优异成绩，迎接党的十九大胜利召开！

要做实改革强市导向

（二〇一七年六月十六日）

我们处在一个改革的时代，全面深化改革是时代强音。大西安要大发展，就必须紧紧依靠改革、用好改革法宝，叫响做实改革强市导向，走好改革强市之路。

改革没有回头路，改革需要一批紧盯目标、笃定勇毅、脚踏实地的实干家。喊响改革强市导向，就是要让改革有环境、有路径、有效果，让改革的观念深入人心，就是要让敢于直面挑战、敢啃"硬骨头"的改革勇气浸透整个城市，让大西安在改革中勃发、在改革中腾飞。

其一，要扛起责任。改革就是破冰，牵一发而动全身，非有大担当者不能为。全市广大领导干部，一定要拿出魄力、坚定信心，时刻把大西安大发展的历史责任记在心间、扛在肩头，争做改革促进派、践行者；要对照改革清单，抓思路、抓调研、抓方案、抓落实，把中央的决策部署贯彻到位、落实到位，把日常工作做实做细，做到市民群众的心坎儿上。

其二，要学会统筹。改革千头万绪，是复杂的系统工程，做好统筹谋划至关重要。要统筹协调好"规定动作"和"自选动作"、试点任务和常规工作、单项方案和配套措施、重点工作和全局目标，协调推进、系统发力，避免各自为政、单兵突进。

其三，要注重时效。改革是有窗口期的，得之如宝失之不再。要跑表计时、把握时效，像行政效能革命、户籍新政、人才二十三条、"最多跑一次"、科技成果转化、深化自贸区制度革命等确定好的改革事项，就要坚决推进，干到最好；要明确好时间表和路线图，挂图作战，一个问题一个问题去解决，用发展的成果检验改革的成效。

习近平总书记指出，"在新一轮全球增长面前，惟改革者进，惟创新者强，惟改革创新者胜"。各级领导干部都要做改革的猛将，既勇于改革、善于改革，又高看改革者，为改革者撑腰，用改革破难题，靠改革快发展，真正走好改革强市之路，为大西安大发展聚力充能！

招商引资要重回访、常走动

（二〇一七年六月十九日）

俗话说："亲戚不走不亲，朋友不聊会生。"市场经济中，客户回访是商家"亲近"客户的关键一环，是维护客户和开发客户的"利器"，历来备受重视；我们抓招商引资，同样需要认真抓好回访，把企业当亲戚、当朋友，常来常往。

这是因为，招商引资的竞赛中，状态与方法是决定成败的重要因素，而回访频繁不频繁、有效不有效，就是体现招商引资状态与方法的重要载体———一方面，回访可以拉近感情，帮助企业解决问题，最大程度彰显诚意；另一方面，回访还是"以商引商、以商招商"的有力抓手，可以开拓招商渠道。

那么，怎样才能做好回访呢？

一是要面对面。面对面，好说话。回访不能坐在家里，一定要主动出击、主动上门。要梳理项目清单，挂图作战、按图索骥，安排专人定期上门服务，或"一把手"亲自上门、亲自服务，抓计划、抓方案、抓进度、抓落实，抓到企业需求的急迫处。

二是要心贴心。企业都是讲感情的，你用心待企业，企业就会用心回报你。只有想企业之所想、急企业之所急，带着感情去上门，撵着企业做服务，真心实意帮助企业解决税费、物流、成本、融资、要素等方面的困难，才能形成"口碑效应"，一传十、十传百，从而带动更多的企业来西安发展。

三是要实打实。回访要出实绩、见实效。要坚持问题导向，对职责内的一般问题，第一时间就要答复解决；对重难点问题，要郑重表态、认真研究，尽早解决。同时，企业往往掌握更多的行业信息，要善于在回访中发现信息、挖掘信息，看能不能用各种各样的"小信息"，做出产业发展的"大文章"，努力推动全链条产业的茁壮成长。

招商引资就是交朋友，不能搞一锤子买卖，只能"小火慢炖"、以心换心。各级各部门一定要打起精神、上足发条、开足马力，用心用情用力做好回访，让有意向和已落地的企业都能充分感受到我们招商引资足够的诚意和优质服务，从而共同创造辉煌明天！

文化自信离不开文化产业的支撑

（二〇一七年六月二十一日）

今年以来，宋城集团中华千古情、华润集团中央文化商务区、万达文旅城、华侨城文化旅游系列重大项目等一大批文化产业重磅项目先后落户西安，一方面拉开了大西安文化产业转型升级的大幕，另一方面也为坚定文化自信增添了更为充足的"底气"，让人欣慰！

文化自信离不开现实支撑。一个国家、一个城市，如果没有强有力的文化产业支撑，文化自信就是空中楼阁。今天的西安，只有在文化领域做到"有中拉长"，将意识形态属性和产业属性有机统一，文化自信才能信手拈来！

也就是说，只有"一手抓文化事业，一手抓文化产业"，两手抓两手都硬，文化自信才能讲得更充分、更让人信服，文化优势才能转化为文化胜势，宣教作用才能体现，先进性才能彰显，阵地上的旗帜才能高高飘扬。

比如，西安遍布的各种文化资源，东西固然很好，可如

西安市人民政府与华侨城集团公司签署全面战略合作协议

果一直"藏于深闺"，外人无缘得见，功能就难以发挥，文化自信自然无从谈起；但倘能够以此为依托，开发出一批兼具人文性、现代性与商业性的文化产品，不但易于传播，也能被更多人接受并喜爱。

因此，我们要牢牢把握文化产业转型升级这一难得机遇，持续深入挖掘大西安丰富的文化资源，坚定不移做大做强文化产业，进而通过广大人民群众的文化消费，达到以优秀的文化激励人、鼓舞人的作用。

具体来说，就是要打好文化牌，善于用"文化＋互联网""文化＋资本""文化＋大遗址"等方式，包装和推广产品、打造和经营城市、发展和壮大经济。这样，我们既占领了市场又占领了阵地，既获得了经济效益又获得了社会效益，既保持了文化的先进性又实现了人民群众的文化利益。

文化自信，既指向过去又指向未来。大西安要实现大发展，既要用文化自信引领文化产业，也要用文化产业支撑文化自信，唯此，我们才能占领市场，赢得群众，走向未来！

办事效率不能像"蜗牛爷爷"那样慢！

（二〇一七年六月二十三日）

20 世纪 80 年代，深圳"时间就是金钱，效率就是生命"的口号声名远扬。这句话形象而生动地诠释了效率对于发展的重要意义。今天的西安，同样需要把效率视为生命，时时讲效率、事事讲效率！

我们经常讲，世界上的事情都是干出来的，不干，半点马克思主义也没有。"干得好不好、扎实不扎实"往往需要用效率说话、用效率检验——措施得力、落实到位，必然效率高、进展快；不用心思、不想办法，必然效率低、难见效果。

我们之所以持之以恒地搞"行政效能革命"、"最多跑一次"改革、"简政放权"，就是希望能够减少中间环节、消除"肠梗阻"，最大程度提升办事效率，让城市的发展节奏能够跟上时代的步伐。

拿招商引资来说，好不容易引来了项目，但如果我们的部门和区县不能与市场需要相匹配，不能跟上企业的需求步伐，又如何能够让企业安心在西安发展？又如何能够让企业相信西安"大有可为、前景无限"？

而且，效率还是个态度问题、形象问题。像"蜗牛爷爷"一样的办事效率，是城市发展的大忌。没有人会相信，一个志向远大的城市，一个勇于争先的人，会把"一慢二看三通过"奉为珍宝，会沉湎于"万事不着急"的现状之中。

西安为什么和发达地区有差距？资源禀赋、发展机遇固然是一方面的因素，但更重要的却是我们办事的效率不如人。不走出城墙看看，我们根本无法想象，深圳、杭州等东部发达城市，是以怎样的高效率在大踏步向前？是以怎样的加速度在奋力奔跑？

因此，我们干任何事，效率都不能像"蜗牛爷爷"那样慢！小到办个户口、传达文件，大到招商引资、城市建设，只有方方面面都讲究效率、注重效率，用高效率谋改革、推发展、抓落实，坚定不移"马上办、网上办、一次办"，大西安才能实现大发展、大跨越。

当下的西安，正处在历史的最佳黄金机遇期，我们只有以加倍急切、加倍紧迫、加倍努力的态度，换挡加油、开足马力，最大程度提升办事效率，才能让西安这座古老的城市，以澎湃的动力，迅猛向前！

招商引资要"借梯登高"

（二〇一七年六月二十六日）

　　浙江嘉善这个浙北平原小县，是全国唯一的县域科学发展示范县，十几年来按照浙江省委"八八战略"的指引，主动接轨上海，"借梯登高"、借船出海，经济社会各项事务取得良好进展，成为县域发展的典范。

　　虽然在地理区位、资源禀赋、城市体量等方面，西安与浙江嘉善大不相同，但其"借梯登高"、借船出海的发展思路，却对我们抓发展、抓招商引资亦有启迪。

　　其一，要借"开放之梯"。嘉善接轨上海的过程，其实就是不断更新观念、不断对标先进的过程。我们要用开放的思想、开放的观念，紧跟时代的脉搏，始终站在产业发展的最前沿，占据产业发展新高地，让所有引领产业风向的企业，能在西安大显身手、一展所长。

　　其二，要借"创新之梯"。改革与创新，是解决一切问题的法宝。嘉善接轨上海的过程，还是不断创新的过程。我们要创新要素配置模式，用"大数据＋""文化＋""金融＋"等手段，既抓存量又抓增量，积极打造新业态、新技术、新模式，做到管理创新、模式创新、产业创新"三轮驱动"，让一切"求新求变"的企业都能落地生根、茁壮成长。

其三，要借"龙头之梯"。大发展需要大"龙头"、大项目。要积极与国内外 500 强、行业领军企业走动联动，与大型央企、知名民企、上市公司等龙头企业联系联手，发挥龙头引领作用，深入谋划一批投资规模大、产业链条长、聚集效益强、外向度高的重大项目，力求招来一个，落户一群，带动一片，让数量足够的产业集群支撑大西安大发展。

一言以蔽之，招商引资这项"一号工程"，要有大成效、大进展，就要像浙江嘉善一样，善于趁势、借势、用势，善于"借梯登高"、借力发力，善于利用一切可以利用的资源，坚定不移"搭大台、唱大戏"。唯此，我们才能开创良好局面，打造美好未来。

领导干部要讲好党课

（二〇一七年六月二十八日）

党课，是"三会一课"的重要组成，是党的组织生活的重要内容，是每一名党员的必修课；一堂好的党课，可以让人强信仰、知得失、明是非，可以让人终身受益。

在"两学一做"常态化制度化的当下，领导干部更要"身先士卒"讲党课、坚持不懈讲党课，把党课讲出高度、讲出水平、讲出士气、讲出看齐的自觉性，这样，才有助于把党章党规和习近平总书记系列重要讲话学深悟透，才能不断增强"四个意识"，践行"五个扎实"、奋力追赶超越。

一是要把道理讲清楚。党课要有"魂"，"魂"就是坚定立场，宣传党的宗旨，把党的路线方针政策送到千家万户。只有做透领会文章、做足结合文章，把中央精神与西安实际紧密联系，多踩"实地"、多讲实情，力求清清楚楚、明明白白，才能让基层党员听得懂、学得会、照着做。

二是要把理论讲鲜活。党课党课，既然是"课"，就要鲜活再鲜活。自顾自讲、不管现实不是好党课，平淡干瘪、只走形式不是好党课。只有"入乡随俗""娓娓道来"，少一些无用的"大话""空话"，多一些精辟的"明白话""实在话"，让人"喜闻乐见"、乐于接受，才能讲出好效果、取得好成效。

三是要让党员有共鸣。党课不是"独角戏"，要台上台下互相促进、同频共振。要紧扣问题，基层党员的疑惑在哪里，党课就要讲到哪里，最大程度抓住普通党员的心；要围绕追赶超越，针对问题找思路、找方法、找对策，让每一名党员都能在听课中厘清思路、解决问题，提升自我；要突出效果，一级讲给一级听，一级做给一级看，一级带着一级干，避免讲和听"两张皮"。

讲台既是大课堂，也是大考场。党课讲得好不好，检验着领导干部的政治水平、思辨水平和学习水平。领导干部只有把使命摆进去、把职责摆进去、把思想和工作摆进去，才能讲出"满堂彩"，讲出追赶超越的精气神。

思想建党是党的老传统，讲好党课是思想建党的重要形式，可以促进广大党员锤炼好作风、展现新作为。全市各级领导干部一定要把党课讲到位、讲扎实，从而为大西安大发展凝聚强劲动力。

党务干部要有精气神

（二〇一七年六月三十日）

俗话说："树活风雨土，人活精气神。"一个人的精气神足，干工作就会浑身都是劲儿，就会敢于攻坚克难，想尽办法干成事。可以说，有什么样的精气神，就有什么样的工作状态和工作效果。

党务干部，担负着党的队伍建设的重要职责，更离不开好的精气神。精气神足，党务工作的质量和效率就高，队伍建设就有保障；精气神不够，就容易懈怠疲沓、出工不出力，严重时还会影响全局工作。

要有精气神，首先要有精神。毛泽东同志指出，人总是要有一点精神的。精神是一种情怀，一种境界，一种品格，是精气神的核心，起着抓总作用。具体来说，共产党人最大的精神，就是坚定共产主义远大理想和中国特色社会主义共同理想，全心全意为人民服务。

党务干部姓党，是党建工作的骨干力量，更要补足精神之"钙"，在党言党、在党爱党、在党为党，践行好党的宗旨，时刻听党话、跟党走——倘若自己都头脑不清楚，做不到立场坚定、方向正确，就难以有效开展党务工作，就难以发挥凝心聚力的作用。

要有精气神，还要有正气和"地气"。没有一身正气，不能干净做人干事，就很难以党章党规、先进典型为镜，反观自己、见贤思齐，做到"脚跟站稳"；党的事业根基在基层，不深入基层、不接地气，就难免理论脱离实际，就无法真实掌握基层党员群众的所思所想、所需所求。

党务干部只有带头树正气、接"地气"，才能不忘初心、砥砺前行，才能融入基层、服务基层，才能将党务工作开展得有声有色、亮点纷呈，才能找到属于自己的那份成就感与自豪感。

要有精气神，还要做到"全神贯注""神采飞扬"。精神状态的好坏，不仅反映了思想境界，更体现着综合能力。做党务工作的时候，只有"全神贯注"、全情投入，才能敢担当、会谋事，才能不断增强分析大局大势、把握规律的能力；只有"神采飞扬"，才能遇到难题时敢为愿为，才能在党和人民需要的时候豁得出来、顶得上去。

总而言之，党务干部提振精气神，关系着队伍的凝聚力、战斗力，是保持队伍先进性的重要支撑，我们一定要用好的精气神，树起旗帜、坚定方向、鼓足干劲，为大西安大发展贡献力量。

永怀理想信念，永葆奋斗精神

（二〇一七年七月三日）

刚刚过去的 7 月 1 日，我们迎来了党的 96 岁华诞。96 年栉风沐雨，96 年"赶考"不断。从 1921 年的嘉兴南湖红船，到扎实推进"四个全面"的今天，我们这个历经近百年风雨的马克思主义政党，始终展现着勃勃生机和旺盛活力，始终站在时代的最前列。

与前辈相比，我们这代共产党人，各方面条件都优越了很多，但发展的命题没有变，民族复兴的使命没有变，全心全意为人民服务的宗旨没有变，我们仍然要心怀理想信念，不忘初心、牢记使命，继续"赶考"。

对西安来讲，"赶考"的最直接体现，就是要让大西安大发展，就是要让人民群众有更多的幸福感、获得感。因此，全市广大党员仍然要用穿草鞋爬雪山过草地的劲头，在脱贫攻坚、招商引资、"最多跑一次"、破解民生"九难"等领域，撸起袖子加油干、甩开膀子加快干，为大西安大发展贡献力量。

这就意味着，我们要用奋斗擦亮前进的道路。历史从不等待一切犹豫者、观望者、懈怠者、软弱者。只有永葆奋斗精神，永怀赤子之心，我们才不会忘记走过的路，才不会忘记为什么出发，才能时刻把人民放在心头，才能沉下身子把西安的事干好。

这就意味着，我们要不断激发精神信仰的力量。历史早已证明，共产党人之所以能够从一个胜利走向另一个胜利，就是因为我们始终牢记着共产主义远大理想和中国特色社会主义共同理想，并不断把为崇高理想奋斗的伟大实践推向前进。

面对荆棘坎坷，面对人民的期盼，我们唯有用牢不可破的精神信念去勇敢面对、奋勇向前。脱贫攻坚、深化改革、经济增长、生态保护、民生改善、城市建设等诸多问题，没有一个是轻松的，没有一个是容易的，只有牢记理想、牢记信念、埋头苦干，才能写下属于我们这代人的浓墨重彩的一笔。

再过几个月，党的十九大就要召开；再过4年，我们将迎来建党100周年。在这个重要的历史节点上，我们更应该把"人民"写在旗帜上，通过"两学一做"学习教育常态化制度化，补足精神之"钙"，进而能够在大西安大发展的黄金机遇期，干在实处，走在前列，交出一份无愧于人民和时代的答卷。

西安要向浙江学什么？

（二〇一七年七月五日）

前段时间，《人民日报》头版刊发了题为《勇立潮头——创新创业富民的浙江实践》一文，文章明确指出，习近平总书记"干在实处，走在前列，勇立潮头"的重要论断，是"浙江精神"的高度概括，也是改革开放以来，浙江面貌发生巨变的真正动因！

大西安需要大发展，就要对标先进、学习先进，让发达地区的成功经验"为我所用"。这其中，"干在实处，走在前列，勇立潮头"的浙江，显然就是一个值得对标学习的对象。于是，问题自然而来，西安究竟要向浙江学什么？

一是要学"干劲"。浙江的成就，不是从天上掉下来的，而是踏踏实实干出来的。当前的西安，正处于"一带一路"、新一轮西部大开发、国家中心城市等黄金机遇叠加期，更要"干"字当头，干在实处、干出实效。

要大兴干事文化，大力倡导想干事、敢干事、会干事、能干事的浓郁氛围，让实干成为最鲜明的城市基因；要牢固树立"无功就是过、平庸就是错"的理念，善于"无中生有、有中拉长"，认真履职、兢兢业业，一心一意谋发展。

二是要学"心劲"。浙江的经验说明，资源禀赋、历史条件可以不如人，但只要有一颗"走在前列"的心，也能创造出骄人的成绩。

西安有着得天独厚的区位优势和丰富的文化资源、科技资源、人才资源，更有底气、有条件"想第一、争第一"。倘若没有足够的"心劲"，没有"走在前列"的气魄，不能争当"冠军"，就会出现"手捧金饭碗讨饭吃"的局面，就会沉湎于"老婆孩子热炕头"不能自拔，大西安大发展自然无从谈起。

三是要学"闯劲"。自古以来，浙江人就以"敢闯"闻名。大西安大发展的历史条件下，我们更要"弄潮儿向涛头立，手把红旗旗不湿"，争做改革"闯将"。

要号住时代脉搏，紧扣大势、紧贴大局，在经济转型、民生改善、创新创业、职能转变等方面，敢想敢干、敢闯敢试；要敢于"走遍千山万水"，敢于打破"坛坛罐罐"，不因循守旧，不故步自封，抢抓机遇、勇于开拓，积极开创新业态、新模式、新局面。

现在，西安与浙江互动不断、交流不断，这是好现象，也是好机会。我们要紧紧依托良好局面，既复制先进模式，又学习发展精髓，让发达地区的好做法、好经验，都能够与西安实际紧密结合，都能够在西安落地生根，这样，才能真正彰显价值，为大西安大发展聚集力量。

趁年轻，来西安创业

（二〇一七年七月七日）

最近看到一篇文章，题目是《趁年轻，去做想做的事》。文章说，物质发达的今天，衣食足以无忧，精神弥足珍贵。趁年轻，做想做的事，不让自己后悔，不辜负这个时代。

趁年轻，去做想做的事，是一种洒脱。不过，我更想对年轻人——尤其是刚刚踏着毕业歌走出校门的大学毕业生说：趁年轻，来西安创业。

虽然没有谁能够保证，创业一定会一帆风顺、一定会走向成功，但对年轻人来说，创业过程中的风霜雪雨、酸甜苦辣，却是一种难得的人生财富，也是一个成就梦想的有效通道，值得所有年轻人珍视。

而且，当下的西安，社会服务体系日趋完善，新技术、新业态、新模式层出不穷，只要你有创新创业的勇气，只要你有一颗敢闯敢拼的心，成功并非遥不可及——不要怕没资本、没人脉、没条件，大西安早已为所有勇于创新创业的年轻人搭建了足够广阔的舞台。

更何况，如今的大西安，不仅仅是一座看得见过去的历史之城，更是一座看得见未来的青春之城、现代之城。青春的城市遇到青春的你，现代的西安遇到现代的你，恰是一种相得益彰，完全可以让你"海阔凭鱼跃，天高任鸟飞"。如此，我们又有什么理由裹足不前、贪图安逸？

事实上，无论是"人才二十三条新政"，还是越来越多的创业街区，都是希望每一个心怀理想的年轻人能够创新创业在西安，与城市一同成长、一同创造历史。也就是说，青年的未来就是城市的未来，"趁年轻，来西安创业"，不仅仅是对青年的期许，更是对城市发展的期许、对城市未来的期许。

西安正在成为海内外年轻人创业的热土！希望全市广大青年都有"趁年轻，来西安创业"的勇气，都能在大西安大发展的历史条件下，不保守、不畏惧，敢于让理想飞扬，敢于让梦想落地，用青春的拼搏与奋斗，书写人生的精彩，做出无愧于自己、无愧于时代的骄人成绩！

西成高铁即将开通，大西安准备好了吗？

（二〇一七年七月十日）

消息称，9 月底，西成高铁将开通运营；届时，西安到成都仅需 3 个小时。这就意味着，西安与成都这两座城市，将突破地理空间的阻隔，以更加紧密的姿态、更加频繁的往来，进行高频次互动交流。于是，一个问题自然而来：大西安准备好了吗？

这是一个无法回避的问题。不说别的，西安、成都"三小时经济圈"的形成，将会直接促使旅游业升温，旅游所带动的商业消费也会大幅增加。因此，有针对性地去成都投放广告，进行旅游产品推介，吸引更多的成都游客来西安游玩、来西安消费，就是一件迫在眉睫的事情。

与此同时，景区、宾馆等旅游相关行业乃至整个西安，能否在"十一"黄金周期间借助高铁开通之利好，统筹好资源，以更充足的服务内容、更高的服务水平、更文明的城市面貌，迎接成都来客，满足快速增长的市场需求，也是不容忽视之事。

更重要的是，西安、成都分属"关天""成渝"两个城市群，随着交通条件的改善，将直接提升两地之间财富和劳动力流动的强度和力度。作为"关天城市群"的"龙头老大"，西安如何抓住机遇，积极对标成都，在产业布局、城市建设、行政效能、人才引进、重大项目落地等方面学习先进、追赶先进，从而吸引更多的资本、产业及劳动力资源向西安聚集，切实提升城市竞争力，也是一个重要命题。

换言之，西成高铁的开通，绝不仅仅是"吃货"的福利，绝不能简单局限于"朝登大雁塔，夕游武侯祠"，更是西安对标学习的机会、融合发展的机会。只有充分认识到便捷交通背后的机遇与挑战，以更加积极、更加热情的态度，明确差距、找寻短板，沉下身子全方位对标学习，才能真正用足用好高铁资源。

"凡事预则立，不预则废。"西成高铁的开通，为西安近距离观察成都、学习成都，构建了一个良好通道。各级各部门一定要提高认识、科学规划、及早动手，努力让这条穿越崇山峻岭的高铁之路，能够为大西安的追赶超越发展提供磅礴动力。

市场秩序就是投资环境

（二〇一七年七月十二日）

前几天，我市第七期"追赶超越"擂台赛如期举行，本期的主题是"整顿市场秩序"。会议指出，要以奥凯问题电缆事件为警醒，从严监管、明确职能，有针对性地抓好36个重点部门142项具体任务的落实。

为什么要聚焦"整顿市场秩序"？这是因为，市场秩序就是投资环境，就是发展秩序。每一个志向远大的城市，其背后必然有一个竞争公平、市场开放、经营合法、秩序规范的经济发展环境做基础；否则，经济繁荣、城市发展、人民安居乐业就无从谈起。

遗憾的是，目前西安的市场上，制假售假、招投标违规违法、强揽工程、官商勾结、"村霸"与"沙霸"等问题，仍然在一定程度上存在。这些问题，单个看来，或许影响都不算大，但集合在一起，就会显现出惊人的破坏力。

俗话说，万丈高楼平地起。对追赶超越赛道中的大西安来说，"平地"不是别的，"平地"就是市场秩序。基础不牢，地动山摇。如果不能营造良好的投资环境，我们即便招商引资再拼命、行政服务再细心，都可能于事无补——哪家企业会相信，一个市场秩序存在很大问题的城市，能保障自己茁壮成长、不断壮大？

换言之，市场秩序规范与否，其实也是城市发展前景、发展信心的风向标。市场繁荣则城市繁荣，市场衰败则城市衰败。大西安要让人"来了就不想走"，更加"开明开放、创新创业"，更加"宜居宜业宜游"，就必须牢牢扭住市场这一关键因素，认真呵护市场秩序，打造良好投资环境。

因此，下硬茬整顿市场秩序，就是我们不能回避的责任。只有彻底破除一切制约市场健康发展的不利因素，我们才能让海内外企业家对大西安更有信心，才能让人民群众有更多的幸福感、获得感。

各级各部门要充分认识到整顿市场秩序的重要意义，不怕担风险、不怕担责任、不怕得罪人、不怕招非议，事不避难、敢于作为，按图索骥、挂图作战，用最大气力补上市场秩序的短板，为大西安大发展夯实基础。

要重新挖掘并诠释"西商"精神

（二〇一七年七月十四日）

"商人河下最奢华，窗子都糊细广纱。急限饷银三十万，西商犹自少离家。"明清以来，这首流传甚广的《扬州竹枝词》，描写了来自山西南部、陕西关中的商人（时人谓之"西商"），聚集于扬州最繁华的下关一带的真实景象。

固然，彼时之"西商"，并非惯常理解中的"西安商人"，但西安作为中国历史上第一个建立完整商业管理制度——"工商食官管理体制"的城市，作为曾经的引领世界商业潮流的国际化大都市，作为古代"西商"最重要的聚集地，却一直深度参与并见证着古代"西商"的兴衰沉浮，一直传承着"开明开放、创新创业"的文化基因。

今时今日，大西安要实现大发展，同样需要重新挖掘并诠释"西商"精神。只有越来越多的西安企业家都能够像唐长安商人窦乂一样，勇于开拓、敢于向西，将"窦家店"的商铺开到万里之外的罗马城，才能重现"富商大贾周流天下，交易之物莫不通"的盛景。

换言之，重新解读"西商"、定义"西商"，为"西商"鼓与呼，为"西商"合作交流搭建大平台、大通道，是城市发展中一道义不容辞的时代命题，就是希望众多生在西安、长在西安、学在西安、创业在西安、结缘在西安的企业家，能够与大西安携手共进、一同成长、共铸辉煌。

回望过去，丝绸之路上的长安商人，伴着声声驼铃坚定向前；汉代长安城的横门码头，千帆竞发，货物往来异常繁忙；唐长安城的东市、西市，"水门向晚茶商闹，桥市通宵酒客行"，一派昌盛。

历史早已证明，每一个伟大的城市，都要聚集起足够多的企业家群体，都要让"开明开放、创新创业"的精神浸透城市血脉。正因如此，我们才不断优化城市环境，才坚持打造良好营商环境，才着力构建国际化、现代化的城市气象，力图让每一个梦想者，都能在大西安各得其所、各有所获。

正因如此，正在紧张筹备的 2017 首届世界西商大会，绝不仅仅是一次普通的商务交流，更是对历史传承的重新激活，更是对城市精神的重新启迪，更是对城市未来的重新梳理，与大西安追赶超越的质量与效率息息相关。

简而言之，我们要充分发挥 2017 首届世界西商大会的资源优势、平台优势，立足服务"一带一路"，紧紧围绕"新经济、新活力、新西安"主题，积极营造重商亲商安商的浓郁氛围，吸引更多杰出人才投身西安"追赶超越"生动实践，让大西安大发展的时代强音响彻天空。

各级干部要天天走好网上群众路线

（二〇一七年七月十七日）

最近一段时间，不少市民群众习惯于通过网络这个手段，表达自己在大西安工作生活的酸甜苦辣、所思所盼。网民来自老百姓，老百姓上了网，也就是民意上了网，群众在哪里，我们的服务就应到哪里。

全市各级党政机关和领导干部，要加大力度探索"互联网＋政务服务"，当好网络服务"店小二"，走好网上群众路线，让互联网成为了解群众、贴近群众、为群众排忧解难的新途径。

一是要虚心。网上群众路线是新事物、新业态，走好网上群众路线是新命题、新任务。要虚心学习，切实提高同互联网打交道的能力，克服不想走、不会走、不敢走网上群众路线的现象，做到善待网络、善用网络、善管网络。

要念好网络心理学，搞清网络规律，掌握"网言网语"，不做空洞说教，不做网络"菜鸟"，善于用事实讲道理，善于用第三方权威声音讲道理，善于用网民喜欢的方式沟通，善于用网民熟悉的语言互动，坚决杜绝"官话""空话""套话"。

二是要真心。无论网上网下，要走好群众路线，都要真心实意。只说"漂亮话"，不办"漂亮事"，不是群众路线；面上"热情"，行动"迟缓"，不是群众路线。

要带着真情实感去网上"蹲点"，以群众呼声为"第一信号"，第一时间回应诉求、第一时间疏解情绪、第一时间解决问题；要理顺机制、畅通渠道，成立"网上群众服务中心"机构，使群众的利益问题说了有人听、听了有人办，困难有人帮，问题有人管，从而真正获得群众的认可和信赖。

三是要耐心。群众在网上表达的意见，既有和风细雨的建议建言，又有忠言逆耳的"灌水""拍砖"和牢骚。要容纳正确意见，真正做到"只要说得对，就虚心整改"，绝不能"认真接受，只说不改"。

此外，还要有容纳不同意见的气度。要受得起委屈、经得住批评，对网上那些与实际情况有出入的意见，对群众那些带着情绪的"偏颇之言"，多理解、多包容、多沟通、多解释，以最大的耐心坦然待之，力求形成"最大公约数"。

网上声音是群众网下情绪的投影。我们一定要走好网上群众路线，使网络民意最终在现实的公共决策和政策执行中有效展现出来，从而为大西安大发展最大限度地凝聚合力。

"西安效率"是大西安大发展的宝贵财富

（二〇一七年七月十九日）

昨天，西安与浙江吉利集团签署项目合作协议。吉利新能源汽车产业化项目从初期沟通到正式确定，仅仅用时两个多月，刷新了国内乃至全球汽车整车项目合作洽谈的最快纪录，创造了重大战略性项目引进的"西安效率"和"吉利速度"。

这是属于大西安的大荣耀。一则，吉利项目的成功落户，为大西安构筑万亿级工业大走廊提供了强有力的产业支撑，为振兴大西安奠定了坚实发展基础；二则，"西安效率"的生动实践，为大西安实现大发展凝聚了更多强劲力量。

必须看到，对追赶超越赛道上的西安来说，要想追上先进、赶上先进、超越先进，就必须有过人的效率——就像改革开放初期的深圳，之所以能创造无比辉煌的成就，就是因为始终将"效率优先"放在首位，坚持"效率就是生命"，一心一意谋发展。

可以讲，没有"西安效率"，跟不上企业需求的节奏，再怎么强调招商引资是"一号工程"，再怎么构想宏伟蓝图，都只是"镜中花、水中月"；相反，措施得力了，效率上去了，企业就会真心回报我们，就会有让人欣喜的收获。

也就是说，"西安效率"与"吉利速度"，其实是相辅相成、相互生发的关系。当我们的安商重商营商土壤足够肥沃，企业就会"来了不想走"，就会扎根城市，就会以最快速度茁壮成长，西安海内外投资热土的城市名片也会愈发亮丽。

"西安效率"是大西安大发展的宝贵财富，是大西安大发展的希望所在。未来，我们要深入总结"西安效率"的成功经验，不断在招商引资、行政效能、脱贫攻坚、治污减霾等方面继续发扬光大，从而让这座伟大的城市更加伟大。

"奔跑吧，西安"，是大西安状态更新、奋勇向前的美好期许。今天，"西安效率"与"吉利速度"就是大西安奔跑姿态的最生动诠释，就是大西安追赶超越的最真实写照。

"西安吉利，吉利西安。"我们坚信，未来的日子里，通过全市上下的共同努力，我们一定会用"西安效率"书写出更多辉煌、更多精彩！

大西安要有大"朋友圈"

（二〇一七年七月二十一日）

7月22日，是西安与德国多特蒙德市结为友好城市25周年的日子。为此，多特蒙德市市长乌尔里希·希劳前段时间专门率领包括企业家、工商大会代表在内的一行71人的庞大代表团访问西安，参加两市结为友好城市25周年系列活动，并签署了合作备忘录。

应该说，这标志着两市友好关系进入了崭新阶段。这些年来，西安通过与多特蒙德等友好城市的关系实践，不断将对外开放程度推向深入，实现了城市之间的资源共享、优势互补和合作共赢，让人欣慰！

但同时也要看到，大西安要实现大发展，大西安要真正成为国际化大都市，目前的对外开放、对外交流程度仍稍显不足。未来我们仍然要以"开明开放"的胸怀，将开放进行到底，坚定不移地走好对外开放之路。

这其中，经济贸易合作是重中之重。古丝绸之路的兴衰

2017 年 4 月 1 日西安—布达佩斯中欧班列开行

充分说明，只有以往来频繁的经贸合作为基础，对外开放之路才能越走越好、越走越稳。这就意味着，我们不仅要发挥"兵马俑交流"等固有优势，还要积极开拓以经贸合作为核心内容的对外开放新路径。

事实上，目前国内友好城市数量排名在前的江苏、山东、广东及浙江，基本都是经济发展水平相对较高、经济开放程度较深的省份。这种状况，也初步印证了友好城市与经济开放是有相关性的——经济开放度越高，城市"朋友圈"就越大。

作为"一带一路"的重要节点城市，大西安正处在全方位开放的最前沿，正处于大发展的黄金机遇期，我们更要借助科创优势、区位优势、历史优势、文化优势等优势资源禀赋，坚决"走出去、引进来"，让更多的西安企业去海外"开拓天地"，让更多的海外企业来西安投资兴业。

具体来说，就是要有全球思维、国际视野，不被"一亩三分地"局限，不被"城墙"禁锢，在经济发展、产业布局、城市建设、文化交流等领域，都能把住世界脉搏、紧跟世界潮流，积极接轨新业态、新模式、新技术，为"引进来"的企业打造良好环境，为"走出去"的企业扫除"后顾之忧"。

历史早已证明，每一个伟大的城市都有一个大"朋友圈"。大西安要实现追赶超越发展，就必须"居于西安而怀远"，就必须不断增强以经贸合作为基础的对外开放的广度和力度！

让企业家精神内化为城市发展力量

（二〇一七年七月二十四日）

再过一段时间，首届西商大会就要在西安隆重开幕了。这次盛会，是大西安城市发展史上的一件大事；届时，众多与大西安结缘的海内外知名企业家将齐聚一堂，共叙乡情友情，共商发展大计。

某种意义上，本次大会不仅是我们招商引资的绝佳平台，更是激发和弘扬企业家精神的良好契机。毕竟，企业家是挺立潮头、搏击风浪的时代弄潮儿，他们身上"开明开放、创新创优"的精神，给这座城市带来了无尽的发展活力和昂扬向上的动力，是"新西安、新经济、新活力"的重要支撑！

也就是说，城市的未来如何，取决于企业的数量与质量，取决于企业家精神的"流行"程度：只有拥有一流的企业，才会拥有一流的城市影响力；只有拥有充足的企业家精神，城市才有广阔的发展未来。

毕竟，企业家一头挑着技术、一头挑着市场，倘若没有足够多的企业家群体，倘若没有以开拓创新为核心内涵的企业家精神，我们又如何能够创造新产业、新模式，打开新市场？又如何能够与时代发展同频共振？

更重要的是，企业家精神和城市精神是高度契合的。企业家精神往往是城市精神最鲜明的代表，企业家精神所能达到的高度，往往是城市发展高度最生动的体现。

我们大力激发和弘扬企业家精神，努力让企业家精神内化为城市发展力量，就是要让城市精神更加丰满，就是要让大西安能够展现出更多勃勃生机，就是要让大西安能够时刻紧跟时代的步伐。

所以，正在积极筹备的西商大会，与我们大力推行的"烟头革命""厕所革命""行政效能革命"等"三个革命"，与"最多跑一次""人才新政二十三条"等改革事项，其实是一脉相承、互相支撑的，是不断激发城市活力与城市精神的生动实践，直接关系着大西安大发展的质量和效率。

我们要紧紧抓住首届西商大会这一良好契机，努力让企业家精神内化为城市发展力量，让创造财富的源泉充分涌动，让创新创优的种子茁壮成长，切实形成大西安追赶超越的强大合力！

"民风民俗+"也是生产力

（二〇一七年七月二十六日）

在"车让人"活动中，厂区马路人行道和车行道分离，员工过马路自觉走斑马线，若未按交通规则出行则须接受惩罚，陕鼓集团推行10余年的"斑马线制度"为文明出行提供了样本。用规则约束行为，靠意识养成习惯，让责任、规则、诚信由内而外蔚然成风，而这种向上向善的"厂风"和文化氛围已经成为企业发展壮大的牢固根基。

风气、习惯，对企业的发展不可或缺，对城市的发展也是如此。民风民俗注重"约定俗成"，经过日久年长的引导与潜移默化，影响着人们的价值判断，从而使每个人知道哪些可为、哪些不可为。民风民俗虽不直接产出真金白银，不能立竿见影带来效益，却可以为经济社会健康可持续发展夯实基础、固本培元。可以说，民风民俗入心入脑了就是凝聚力，与时俱进了就是竞争力，契合实际了就是生产力。

建设大西安，是我们未来5年的发展目标。"大西安"

之"大"，不仅大在城市规模、城市空间，更大在城市气质、城市精神和城市内涵。如果说，物质财富的荟萃可以铸就城市的"形"，则文化气质的塑造能凝聚城市的"神"。只有形神兼具、内外兼修，才是大西安该有的气场。而优秀民风民俗的滋养，正是我们传承西安文化基因的载体，是我们涵养城市精神的土壤。长久以来，特色鲜明的民风民俗浸润了西安人的人生底色，蕴含着刚毅厚朴、务实重礼、敢想敢试、敢闯敢干、见贤思齐、崇德向善的力量。我们要把民风民俗渗透到生产生活的各个环节、各个领域，形成"民风民俗+"的发展模式，焕发出文化的勃勃生机。让民风民俗+科技，有效地展示、讲述富有西安地方特色的民风民俗；民风民俗+旅游，打造特色小镇，让民风民俗创造效益、创造财富；民风民俗+新农村建设，移风易俗，让人们记得住乡愁；民风民俗+社区建设，增强大都市现代化社区的向心力；民风民俗+党建，将刚性的纪律、规矩、要求融入良俗家风载体中，形成民风、党风、政风的良性互动。这样一来，社会风气正了，办事规矩了，公平透明、廉洁高效的营商环境也就能真正建构起来。

无形的民风民俗，蕴藏着无穷的生产力。我们要把西安的民风民俗发掘好、讲述好、传承好、利用好，张扬城市精神，升华城市气质，让"民风民俗+"更好地造福城市，让大西安真正成为精气神充盈饱满的美好家园！

一勤天下无难事

（二〇一七年七月二十八日）

春秋战国时期的秦国，地处西北一隅，资源匮乏、气候恶劣，综合实力远不如东方诸国，但最终却由弱变强，创造了一段无比璀璨的历史。

以史为鉴，继往开来。弱秦变强秦，其成功来自于浸入老秦人骨髓的勤奋与进取，来自于历代秦人的自强不息。今时今日，我们要追赶先进、超越先进，同样可以从"弱秦变强秦"的历史往昔中，汲取前行力量。

也就是说，我们要振兴大西安，要在历史长河中镌刻下我们这代人的历史印记，就要像老秦人一样，始终秉持勤奋、勤劳、勤恳的精神，以勤补拙、奋发向上、积极开拓、勇于进取。

勤奋，就是要晨兴夜寐、克勤克俭。拆分"勤"字，左"堇"右"力"，寓意至明，将力气出尽就是勤。大西安要大发展，就需要全市上下每个人都使出浑身解数，勤勉尽责、为民尽力，干好每一件事、完成每一个目标，一步一个脚印扎实往前走。

勤恳，就是要虚怀若谷、学习先进。秦国为了摆脱落后，不惜重金纳才，奋力学习东方，俯身倾耳以请。今天，我们也要用足用好"人才二十三条"等政策，积极吸纳天下英才，让他们安居在西安、创业在西安、成就在西安。同时，还要积极对标先进、学习优秀，让一切好的思维、好的经验、好的做法，都能落地生根、为我所用。

勤劳，就是要埋头苦干、坚持不懈。世界上怕就怕"认真"二字，再大的困难，遇到认真实干也都会立刻雪化冰消。要认真贯彻落实中央精神、省委部署和市委决策，科学规划，紧盯目标，甩开膀子，真抓实干，让"干干干"成为大西安最响亮的时代强音。

当下的大西安，正处于历史的最佳黄金机遇期，但机遇不等人，错过了就不会再回来。我们要想补足短板、阔步前进，就必须比别人多一些勤奋、多吃一些苦、多出一些汗，这样，才能化优势为胜势，才能在追赶超越的赛道上拿下一个又一个的冠军。

"一勤天下无难事。"历史上的秦人戮力同心，奋发图强，创造出了卓著的功业和斐然的成绩。今天，只要全市人民凝心聚力，铆足干劲，撸起袖子加油干，苦干实干拼搏干，我们就能像老秦人一样，书写精彩、创造辉煌。

让军民团结之树根深叶茂枝繁

（二〇一七年七月三十一日）

7月30日，庆祝中国人民解放军建军90周年阅兵在内蒙古朱日和训练基地隆重举行。中共中央总书记、国家主席、中共中央军委主席习近平检阅部队并发表重要讲话。

沙场阅兵，气势磅礴、威武雄壮！自从1927年南昌城头一声枪响，90年来人民军队高举党的旗帜，浴血奋战、勇往直前，为中国人民站起来、富起来、强起来建立了不朽的功勋，值得我们永远铭记！

著名艺术家阎肃说，战士们也有"风花雪月"——风是"铁马秋风"、花是"战地黄花"、雪是"楼船夜雪"、月是"边关冷月"。"风花雪月"4个字的总结，让人看到了军人的壮志豪情，让人看到了军人高贵的精神。

战士们的"风花雪月"，是保卫和平、守护家园幸福最浓郁的底色。大西安要大发展，就要像沙场中的战士一样，迎着"铁马秋风"奋勇向前，闻着"战地黄花"写就豪迈，对着"楼船夜雪"上下求索，看着"边关冷月"挥斥方遒。

这就意味着，我们要将"军人气质""军人情怀"自觉融入大西安大发展的时代强音中，为追赶超越鼓劲提神；要与驻我市各部队精诚合作、携手共进，共同增进军民团结，共同开展双拥共建，共同推进追赶超越，共同推动军民融合，共同支持改革强军，一起在时代的洪流中百折不挠、锐意进取。

具体来讲，就是要坚决响应、坚决贯彻、坚决落实党中央和习近平总书记号召，坚定不移地巩固双拥模范城"八连冠"的优异成绩，不断完善拥军优属服务体系，千方百计帮助官兵解决后顾之忧；就是要抓住机遇、开拓思路，在"统"字上下功夫，在"融"字上做文章，在"新"字上求突破，在"深"字上见实效，把军民融合搞得更好一些、更快一些。

"鼓荡激情扬征棹，一路轻舟乘东风。"在建军90周年这个光荣而伟大的日子里，在朱日和沙场阅兵的动人场景中，我们要同心同德一起干，撸起袖子加油干，开足马力加快干，共同建设美丽幸福的大西安，使我市的军民团结之树根深、叶茂、枝繁！

每名党员干部都要学好 7·26 重要讲话

（二〇一七年八月二日）

7月26日，习近平总书记在省部级主要领导干部专题研讨班上发表重要讲话，提出了一系列新的重要思想、重要观点、重大判断、重大举措，通篇闪耀着马克思主义思想光辉，具有很强的思想性、战略性、前瞻性、指导性。

全市各级党组织要站在历史的新起点上，更加紧密地团结在以习近平同志为核心的党中央周围，进一步增强政治意识、大局意识、核心意识、看齐意识，以饱满的精神状态和奋斗姿态，把中国特色社会主义推向前进。

首先，要认真贯彻学习。学风体现态度，学风体现党风。要把贯彻好、宣传好、学习好习近平总书记重要讲话作为当前重要政治任务，充分利用"三会一课"等形式，以及报纸、电视、新媒体等传播手段，带着使命责任学、带着深厚感情学、带着忠诚态度学，摆正姿态、进入状态，力求入脑入心、学深悟透。

其次，要理论联系实际。中国特色社会主义道路是实现我国社会主义现代化的必由之路，是创造人民美好生活的必由之路。要坚定信心、明确方向，理论联系实际，始终坚持以人民为中心的发展思想，充分发挥历史主动性和创造性，把重要讲话精神转化为实际工作中的强大思想武器，为实现追赶超越凝聚力量。

再次，要扎实推动工作。要坚持知行统一、学用一致，不搞"两张皮"，不"耍花腔"，不走过场，努力开创全市经济社会发展新局面；要自觉把7·26重要讲话精神融入日常工作实践中来，抓好当前正在做的事情，每件事情都要认真对标，每个决策都要严谨对路，既注重整体推进，又坚持重点突破，确保各项要求都能落到实处。

坚持和发展中国特色社会主义道路是一篇大文章，是全体共产党人的光荣使命。我们一定要把习近平总书记7·26重要讲话精神学扎实、学到位，从而创新思路、提升战略、夯实举措，用心用情用力办好西安的事情，迎接十九大的胜利召开！

带着问题去，带着经验回

（二〇一七年八月四日）

最近，我市党政代表团将赴国内几个先进城市考察学习。对此，我们应给予积极期待。毕竟，任何一个志向远大的城市要想补足短板、有所成就，就要用谦虚好学的态度，努力借鉴学习一切先进经验。

同西安相比，众多先进城市无论是发展思维、经济体量，还是治理水平、产业布局，都有擅长之处、过人之处，我们一定要踏实沉下身子，认真看、认真听、认真问、认真感受，博采众家之长为己所用。

具体来说，对标学习要"对"出效果，就必须"带着问题去，带着经验回"。问题是时代的声音。只有坚持问题导向，多和别人比比自己的短板在哪里、差距在哪里，多想想别人成功的原因是什么，才能学扎实、学到位，才能真正做到对症下药、有的放矢。

"带着问题去"，就是要备好课、做好规划。如果做不到对全局工作心中有数、对重点工作了如指掌，拿不出充足而详细的学习规划，又如何能够清楚知道和别人相比，自己究竟是"长板"还是"短板"，又如何能够"带着问题去"？

"带着经验回"，就是要勤记录、做好总结。懒于动笔，再多的"思想火花"，再大的"震撼"，最后都会随风飘散。要善于发现他人的长处，善于在"细节处见真章"，善于记录归纳总结提炼，努力让思想的"星星之火"，最终在工作实践中形成"燎原之势"。

对标学习，"对"是目的，"学"是手段。希望广大领导干部，倍加珍惜对标学习这一难得机会，"对"出工作短板、"对"出思想障碍、"对"出方法经验，不断拔高标尺、解放思想，干出大事业、成就大未来！

做一个靠谱的人

（二〇一七年八月七日）

这几天，一篇题为《所谓靠谱的人，就是凡事有交代，件件有着落，事事有回音》的文章在网上走红。所谓"靠谱"，指的是靠得住、信得过、能放心。我们判断一个人，有着这样那样的标准和角度，归根结底，就是看他是不是靠谱。做一个靠谱的人，必须做到凡事有交代、件件有着落、事事有回音，体现了狠抓落实的鲜明导向，体现了迎难而上的担当精神，也体现了立说立行的作风要求。

做一个靠谱的人，要对党忠诚，在大是大非面前旗帜鲜明，在风浪考验面前无所畏惧，在各种诱惑面前立场坚定，永葆忠诚可靠的政治本色；要忠诚于政治规矩，在实践上先行一步，在标准上高人一筹，知行合一，言行一致，做严于律己的表率；要忠诚于党性原则，表里如一，真心诚意，做人实在，做事认真，做靠得住的"老实人"。

做一个靠谱的人，要勇于面对问题。问题是最大的实际，是精准发力的方向。对那些经济社会发展中长期积累的问题与新出现的问题，不能视而不见，也不能掉以轻心；对群众和企业反映的问题，不能泥牛入海，没有反馈、没有声音，更不能消极回避、文过饰非。每个问题，哪怕再小再微不足道，都是群众和企业的无法承受之痛。俗话说："大事看能力，小事看品质。"处理小事都靠不住，大事敢依靠吗？问题反映上来了，梳理出来了，要想着怎么去解决、怎么去办，这才是真的靠谱。

做一个靠谱的人，要善于解决问题。群众最关注的是我们干了什么，有没有干到，有没有干好。面对群众和企业的诉求，关键是要落实在解决问题上。解决问题，本身就是攻坚克难、挑战自我的过程。面对棘手的问题，既不能指望从书本翻出现成的解决之道，也不能坐在办公室里闭门造车拍脑袋。只有深入基层一线，深入群众中间，深入问题里面，展开细致的调查研究，才能真正找到症结所在，才能切实解决涉及群众切身利益的矛盾、困难和问题。强调"凡事有交代，件件有着落，事事有回音"，既不能急功近利盲目追求结果，不能简单粗暴草草了事，也不能"头痛医头脚痛医脚"；要把情况搞清楚，把关系搞顺当，把措施搞实在，不断线、不掉链子，不让一件事在糊里糊涂中杳无音信，把事情真正落到地。

做一个靠谱的人，体现着干部的胸怀、勇气和品质。我们要不忘初心，遇到问题不回避，遇到困难不躲避，遇到风险不逃避，任劳任怨、尽心竭力，善始善终、善做善成，潜移默化地带动大家见贤思齐，形成绝对忠诚、狠抓落实的良好氛围。

诚信是企业家精神的内核

（二〇一七年八月九日）

　　盛唐时的长安东市、西市，商贾云集、货通天下，鼎盛时期聚集了4万中外商人，是当时全球最大的国际贸易中心，可以说是最早的自贸区。国际化的环境使诚信成为西商最主要的精神特质之一。

　　孔子说"民无信无以立"，韩非子说"巧诈不如拙诚"，管子说"诚信者，天下之结也"，都极言诚信之要。何谓诚信？诚，指真实无妄的道德品质；信，指信守诺言的可靠作为。诚信，意味着内外兼修、言行一致、知行合一。

　　"民无信不立。"以诚信为主要内涵的西商精神，诠释了诚信乃立人之本、齐家之道、经商之魂。历史上的西商，就是以诚信走遍天下。

　　诚信，具有穿越时空的强大生命力，是亘古不变的价值追求。当前，结构调整步伐加快，新旧动能加速转换。大西安要实现大发展，应重新审视诚信的时代价值。诚信，不仅是我们文化传承的底色，也是当代企业家精神的内核。对于企业家来说，诚信不仅是一种优良品质，更是责任担当；不仅是一种价值取向，更是创业准则；不仅是一种社会声誉，更是无法量化的竞争资源。

激发和培育企业家的诚信精神，首先要靠企业家的自我约束。真正的企业家，不仅要在经济发展上追赶超越，也要在精神文化上有所坚守。道不可坐论，德不尚空谈。企业家们都应积极行动起来，校准价值坐标，正身行事，律己服人。

激发和培育企业家的诚信精神，还要靠制度的刚性保障，"制度比人强"。当前，我们要不断创新、综合施策，将诚信之网越织越密、越织越牢，营造"守信者一路畅通，失信者寸步难行"的制度环境，让诚信成为诚信者的通行证。

同时，要大力倡导"诚信光荣，失信可耻"的社会风尚，使诚信融于城市的精神气质之中，并日益成为社会常态。此外，还要构建新型政商关系，营造公正透明的营商环境，让企业家对社会信用的前景更有信心、选择诚信更有底气。

一诺千金，一片真诚可对日月。唯有以诚相待、以信为重，使诚信成为所有企业家的价值追求和发展理念，才能合力筑起一个讲信修睦、崇德向善的"信用西安"。

守时方可守信

（二〇一七年八月十一日）

每天，我们都在和时间"打交道"。古今中外关于惜时守时的故事不胜枚举，从张良夜半赴约得传《太公兵法》、康德修桥赶路获友人信赖，到联想集团严格推行迟到罚站制度，都说明守时就是守信、守时方可守信。

"贤者守时，不肖者守命。"修身自律，莫过于诚信，诚信当先守时。对党员领导干部而言，守时不仅仅是个人道德涵养，还直接关系到党风政风，也带动、影响着社会风气。

守时方可守信，要加强纪律作风，提振精神状态。上班、开会迟到早退、完成工作拖拖拉拉，看起来好像鸡毛蒜皮，实际上是庸懒散浮拖的具体体现，说明责任意识缺位了、纪律和规矩意识跑偏了，也说明为人民服务的宗旨意识淡薄了。

也许一次不守时，群众就要跑冤枉路，政府的形象就打了折扣；也许一次办事拖拉，就会让一个投资项目半途而废，错失发展良机。吊儿郎当、松松垮垮，是干不了事也干不成事的。相反，如果每个人都处在最佳的工作状态，人人都守时守信，杜绝时间和精力上的浪费，这样的效能正是我们所向往的，也正是追赶超越的大西安所需要的。

因此，守时守信不是小题大做，而是必须要做好的大事。

守时方可守信，要明确时间节点，竭力守时然诺。市第十三次党代会确定了未来的奋斗目标，划定了追赶超越的时间表：到2020年，全面建成小康社会，建好国家中心城市；到2021年，基本建成"三中心二高地一枢纽"；到2049年，全面建成具有历史文化特色的国际化大都市。这些承诺，就是军令状，承诺一条就要如期完成一条，决不能虎头蛇尾，不能说话不算数。

说到，需要敢于许诺的勇气；做到，更显笃信守诚的魄力。我们要有时不我待的紧迫感，紧盯关键节点不放松，不达目标不撒手，克服思想懒惰和行动拖延，快赶一步路，多尽一分力，步调一致，协同作战，以城市日新月异的发展换取群众更大的信任和支持。

约时务必守时，守时方可守信。让我们调整状态，强化时间观念，追求效率优先，拧紧发条，全力以赴，只争朝夕抓发展，分秒必争抓落实，不断激发出大西安追赶超越的巨大潜力。

从抓工作的"三个1/3"讲起

（二〇一七年八月十四日）

工作该怎么抓？成都的经验是，全力推行 1/3 时间抓招商、1/3 时间到企业服务、1/3 时间做日常工作的"三个1/3"工作法，引导全市上下切实形成"一门心思抓发展、一心一意抓落实"的浓厚氛围。

应该说，成都的"三个1/3"工作法是很有现实意义的。毕竟，企业是市场的主体，企业数量的多寡、体量的大小、成长氛围良好与否，直接决定着城市发展的质量与效率，怎么重视都不为过。

"三个1/3"工作法，就是通过时间要求，倒逼领导干部提升服务经济发展和解决问题的能力。也就是说，成都的"三个1/3"工作法，其实与我们讲的招商引资是"一号工程"有异曲同工之妙，只不过，成都以更为具体的要求，进一步细化并明确了招商引资、服务企业、日常工作三者之间的平衡关系，让广大领导干部清楚地知道该如何分配精力、该如何区分主次。

更重要的是，"三个1/3"工作法的背后，往往有严格而细致的考核制度支撑，切实杜绝了工作抓不实、效果不明显的情况。比如，作为"1/3"的招商工作，就有外出招商"出勤率＋成功率＋落地率"捆绑考核的机制，用以保障招商工作不仅要"出工""出力"，还要出成绩。

常言道，他山之石可以攻玉。同成都相比，我们无论是经济总量，还是产业结构，都有所欠缺，此种情况下，我们更应该认真研究成都"三个1/3"工作法，让其中的好的理念、好的做法能够在西安落地生根、为我所用。

各级各部门要认真学习成都"三个1/3"工作法的先进经验，沉下身子、细化工作，以更加细致的作风、更加科学的办法，为实现追赶超越发展聚能充电。

什么是"西商"？

（二〇一七年八月十八日）

8月19日，2017首届世界西商大会就要正式召开了。这次大会，从提出构想到组织实施，得到了广泛而热烈的响应，全市上下、各界宾朋投入的热情、给予的支持让人非常感动，也让人深受鼓舞。

古语有云：名正则言顺，言顺则事成。为了让"西商大会"能够办出更多精彩、办出更多成效，此时此刻，我们有必要对"西商"概念的内涵与外延再一次进行诠释，从而让更多人都能清楚知道，"西商"究竟是什么。

顾名思义，"西商"就是西安的商人，包括众多当代西安籍的海内外企业家及在西安工作学习、创业发展的非西安籍企业家。简单说，那些生在西安、长在西安、学在西安、创业在西安、结缘在西安的企业家都是"西商"。

但要看到，"西商"不仅仅是一种身份符号，更是一种责任体现。只有以开拓创新为底色、以经济繁荣为己任，集文化追求、天下情怀、国家担当于一身，愿意为社会发展、国家进步贡献智慧和力量的企业家，才是真正的"西商"、优秀的"西商"、让人敬仰的"西商"。

我们之所以要叫响"西商"品牌、举办"西商大会"，就是希望能够通过这种形式，进一步激发和保护企业家精神，让商业氛围浸透城市血脉，让不畏风险、勇于开拓的精神因子不断推动企业发展、经济进步、社会前行。

换句话说，"西商大会"就是广大"西商"共同的大"朋友圈"，让无数与西安紧密相连的企业家能够加强联系、通达思想、互通有无，更好地为西安发展聚心聚智聚力，更好地回报桑梓、造福社会。

"真正的精英一定是具有家国情怀的。"作为时代的弄潮儿、现实财富的创造者、创新活动的实践者，企业家的兴衰成败直接关系着城市发展的质量与效率。我们一定要厘清"西商"概念，弘扬"西商"精神，全力办好"西商大会"，让西安在"一带一路"倡议下的"新西安、新经济、新活力"美好愿景早日成为现实。

要把西商大会办成一场永不落幕的大会

（二〇一七年八月二十一日）

首届世界西商大会昨日闭幕。总体来说，这是一次成功的大会，不但传承了"西商"传统、叫响了"西商"品牌、重塑了"西商精神"，还结交了朋友、凝聚了人心、鼓舞了士气，必将在大西安的城市发展史上留下浓墨重彩的一笔！

但同时要看到，首届世界西商大会的闭幕，只是一个开始。我们要以西商大会成功举办为契机，抓好落实、做优服务，进一步谋划新西安建设、新经济发展、新活力培育，把西商大会办成一场永不落幕的大会。

一是要平台常态化。西商大会是企业家的大"朋友圈"，也是大西安招商引资、城市建设的重要资源平台。要通过云数据、新媒体等现代传播手段，尽快搭建便捷方便、来去自如的常态化交流平台，让西商大会由欢聚一堂的见面会，延伸为随时随地的网络会、电话会，从而最大限度地促进广大

首届世界西商大会

西商沟通感情、共享信息、回报桑梓。

二是要联系制度化。我们是广大西商的"娘家人"。要明确责任，建立"定时联系、定点联系、定人联系"的联系制度，勤回访、常拜访，及时收集、梳理广大西商的服务需求、生活状况，能立即解决的第一时间解决，不能立即解决的及早研究解决，并及时反馈进展情况，让每一位企业家都能感受到西安的浓情厚谊。

三是要服务精准化。本次西商大会上，不但签约了包括阿里巴巴西北总部在内的一批项目，还达成了一批投资意向。要趁热打铁、及时跟进、精准服务，抓好相关项目的落地服务，争取早落地、早开工、早投产、早见效；要充分发挥金融招商、商会招商、以商招商的作用，成立诸如大数据分局、文化产业分局这样的专业招商分局，精准招商、精准发力，努力在招商引资的春天里干出大成就。

各级各部门一定要提高认识、健全机制、畅通渠道，真正把服务做实做细做优，做在日常、做在经常，让西商大会和"西商"品牌为大西安实现追赶超越发展凝聚更多力量！

要走好转型升级、加快大发展之路

（二○一七年八月二十三日）

8 月 20 日，浙商总会会长、阿里巴巴董事局主席马云在西商大会演讲中提出了一个问题，即西安这个古都、历史名城，如何变成商业之都、时尚名城？如何由良好的工业科技基地，变成未来高科技、黑科技、硬科技的基地？

坦率地讲，这是一个需要我们认真思考的问题。毕竟，以追赶超越为己任的西安，要想在城市竞争的赛道上干出一番成就，就必须补足短板，走稳走好转型升级、加快大发展之路，就必须在深厚的历史文化底色上，给西安勾画出更丰富、更多元的城市符号。那么，怎样才能补足短板，走稳走好转型升级、加快大发展之路呢？

首先，要抬高标杆。思想决定境界，境界决定高度。要"居于西安而怀远"，把思想放远、把视野放宽，多和别人比差距，看哪些工作还存在短板、存在不足；要打破思想上的"玻璃门""弹簧门"，竭力避免"城墙思维"，多用全球视野去审视，多用世界标准去衡量，努力让城市发展向国际看齐、向一流看齐。

其次，要加强创新。创新是发展的动力源泉。要坚定不移地鼓励创新、扶持创新、加强创新，打造良好创新环境，做到无中生有、有中拉长，让包括云计算、大数据、生物科技在内的每一项新技术、新模式、新业态，都能各得其所、快速成长，让西安成为名副其实的"活力之城""创新之城"。

再次，要改革供给。供给侧结构性改革是经济新常态下的必然要求，也是大西安转型升级、加快大发展的有力武器。要坚决推进供给侧结构性改革，重塑供给方式、供给链条、产业生态，用黑科技、硬科技最大限度地释放需求、创造市场，让新需求、新消费、新产业成为经济发展的主要力量。

总而言之，大西安追赶超越的过程，就是转型升级、加快大发展的过程，就是重塑城市未来、重构产业发展的过程，我们要坚定不移地补短板求突破，加快产业转型升级，从而让大西安的城市名片更加亮丽！

为什么要补短板？

（二〇一七年八月二十五日）

8月24日，市委十三届三次全会隆重召开。这次大会明确提出要把补短板作为当前的一项重要任务来抓，特别是要紧盯关键领域、重点领域的"十大短板"。那么，我们为什么要下大力气补短板呢？

首先，是中央的决策部署。党的十八届五中全会、中央经济工作会议、中央城市工作会议等系列重要会议，都把补短板作为鲜明的工作方法。习近平总书记对陕西提出"追赶超越"定位和"五个扎实"要求，也是针对我省的短板提出的重大要求。因此，补短板就是一种必需的政治责任、政治担当，容不得半点马虎。更重要的是，补短板是习近平总书记治国理政新理念新思想新战略的重要内容和推动事业的重要方法，为我们适应和引领新常态、实现大发展，提供了理论指导和实践遵循，我们理应践行好。

其次，是西安发展的需要。省委"五新"战略，是我省贯彻习近平总书记来陕视察讲话精神的陕西方案和具体实践，是统领全省未来5年实现新跨越的总纲领。落实好"五新"战略任务，实现大西安大发展，就必须把补短板作为最重要的抓手。

市委确定的"十大短板"，就像人体"气血瘀滞"出现的症状，直接影响大西安大发展的质量和效率。只有找准"致病机理"，对症下药，破解发展瓶颈，激发发展活力、增强发展动力、厚植发展优势，才能让大西安大发展的奔跑姿态更加动人。

再次，是群众的殷切期盼。短板所在，凝结着人民群众最迫切的民生期待，彰显着最鲜明的问题导向。我们要在全省率先建成小康社会，让人民群众有更多获得感、幸福感，就必须紧盯并补齐脱贫攻坚、治污减霾等重点、难点"短板"，就必须积极回应人民群众在增加收入、改善生活品质、完善社会保障等方面的殷切期待。

思想决定行动，行动决定结果。各级各部门要准确理解补短板的基本内涵，深刻认识补短板的重要意义，补中求进、补中拉长、补中登高，以拉高标杆、补齐短板的出色表现，奋力开启大西安追赶超越发展的新里程。

努力打造航空产业名城

（二〇一七年八月二十八日）

2017 中国国际通用航空大会于昨天落下帷幕。作为我国通用航空领域规模最大、规格最高的通用航空品牌展会，通航大会有力地推动了航空科技知识的普及、通航产业项目的合作、通航事业的发展。

西安不仅是通航大会的永久会址，还有着雄厚的航空产业基础，更应该"近水楼台先得月"，切实利用好通航大会这一最具影响力的平台，加快航空技术成果的转化应用和产业化，不断提升航空产业核心竞争力和可持续发展能力，努力将大西安打造成国际知名、国内领先的航空产业名城。

要强化政策引导。要坚持市场导向，认真梳理整合人才、技术、市场、资金等要素，加快军民融合改革发展，努力打破包括"军转民""民参军"在内的各种制度壁垒，坚定不移支持军工企业、科研院所进行技术改革和产业延伸，切实营造航空产业发展的良好氛围。

要完善产业布局。要紧盯千亿级航空产业集群目标，依托通用机场与军民融合重大项目建设，围绕航空先进制造、航空运营服务、通航旅游休闲、飞行运动体验等领域，抓项目落地、抓园区建设，强化要素聚集，规划好、建设好航空特色小镇。

要大力强化航空产业链上下游配套能力，支持通用航空领域新兴业态和新商业模式发展，引领多产业融合发展，积极打造无人机、卫星导航、航空材料和通用航空现代服务等市场前景好、附加值高的核心产业集群，努力促进航空产业实现跨越式发展。

要打造龙头企业。要紧紧依托我市已有航空产业资源，吸引国内外知名航空企业来西安发展，扶持民营企业积极参与航空产业发展，打造一批像深圳大疆无人机这样的优势明显、引领作用强的航空精品龙头企业，努力形成龙头企业和中小企业协调发展的局面，从而引领整个产业不断做大做强。

作为高新技术集成的"王冠"，航空产业是我们构建万亿级高新技术产业的有力抓手，是大西安转型升级、加快发展的重要支撑。各级各部门一定要充分认识到打造航空产业名城的重要意义，努力推动通用航空发展，加快航空产业聚集，构建新的经济增长极。

狠抓落实既要认真还要较真

（二〇一七年八月三十日）

市委全委会审议通过的《中共西安市委关于落实"五新"战略任务加快补齐"十大短板"的决定》，是实现追赶超越的主攻方向，是增进人民福祉的客观需要，吹响了大西安加快发展的"集结号"，我们务必重视再重视、认真再认真！

一是要思想清。要充分认识到补短板的重要意义，"咬定青山不放松"，牢记补短板不动摇，始终将《决定》精神与日常工作紧密结合，始终用补短板要求贯穿工作全链条，在思想上一以贯之、在工作中真抓实干，坚决避免"只踩油门不挂挡，响声震天不向前"的状况。

二是要任务明。市委提出的补齐"十大短板"任务，每一个都不轻松，每一个都是系统工程。要标清阶段任务、夯实责任，让每个领导、每个单位、每个部门、每个基层干部都清楚知道，该在哪里补短板、该以怎样的状态补短板。

尤其是，各级领导要身先士卒、率先垂范，每月都要深入一线调研，每月都要化解难题，每月都要问进度问效果，确保牵头方案顺利推进；各个单位部门要全情投入、认真履职，紧扣本单位、本部门的补短板方案，用钉钉子精神一个难点一个难点去突破，一个问题一个问题去解决，真正做到使实劲、出实招、见实效。

三是要敢较真。要紧扣目标，敢于较真、敢于攻坚，坚决杜绝以会议贯彻会议、以文件落实文件，不玩虚招、不要花枪，对推诿扯皮、不思进取、得过且过者，坚决问责；要打破砂锅问到底，对每一个关键问题、要害问题，都要穷追不舍、精准发力，不达目的不罢休，确保每个措施都能直中靶心、直击要害、彰显效果。

"世界上怕就怕'认真'二字，共产党最讲认真。"各级各部门，一定要以认真较真的良好风貌，将市委补齐"十大短板"的决策部署真正落到实处，从而积小胜为大胜、积跬步至千里，走出一条质量更好、效益更好、结构更优的发展新路径。

要大力发展新金融产业

（二〇一七年九月一日）

现在，大家都有一种感觉，用现金的时候越来越少了，可以手机支付的场合越来越多了，杭州等城市正在打造"无现金支付城市"，让出门不带钱包也成为一种习惯。这充分说明，新的金融模式已经真切地进入每个人的生活之中。

这种变化，让人无法忽视。我们要补齐金融产业这个短板，就必须大力发展新金融产业，让建立在移动互联、大数据、云计算、人工智能等新技术与传统金融融合基础上的新金融生态、新金融服务和新金融产品，能够得到更广泛的运用。

关于新金融，马云有个非常著名的"八二原则"，是说过去的金融体系只要服务好 20% 的 top 客户就可以获得80% 的利润，而未来的金融是要帮助、支持以往 80% 没有得到金融服务的用户，从而给创业者、小企业和消费者带来福利。

很显然，从"二八"到"八二"，体现出更大的普惠性。

我们要大力发展新金融产业，就必须牢牢把握住"技术驱动下的普惠"这一特点，完善金融要素配置，创新金融业态模式，努力提升各层次金融市场的效率，从而让传统企业、创新企业、初创企业等对金融需求不一的市场主体，都能得到充足的金融支持。

具体到西安，就是要实施"金融业倍增计划"，大力发展融资租赁、科技金融、能源金融、文化金融、绿色金融、大数据金融等新兴金融产业，支持企业挂牌上市，吸引各类金融机构聚集，努力打造丝路金融中心；就是要建设以高新技术金融区为核心—沣渭能源金融区—曲江浐灞文化金融、新金融试验区为支撑的金融"金三角"，打造"金融增长极"。

此外，要提高防范化解金融风险能力，全力打击非法集资，强化信用体系建设，营造良好金融生态环境；要深化金融改革创新，加快对外开放合作，加大金融招商力度，加强人才队伍建设，建设一支高素质、高层次金融领军人才队伍。

金融是现代经济的核心和资源配置的枢纽。对标先进城市，西安的金融血液还不够充沛，渠道还不够通畅，产业还不强不大。各级各部门一定要提高认识、奋发有为，大力发展新金融产业，从而让新的金融业态、金融模式能够更好地服务于经济社会的发展。

要加快补齐工业短板

（二〇一七年九月四日）

近年来，市委、市政府高度重视工业发展，大力实施"工业强市战略"，工业经济综合实力显著增强，但与先进城市相比，还存在总量不大、企业不多、产业不强、投资不足等问题，容不得丝毫大意与马虎。

一是要强基础。基础不牢，地动山摇。要紧盯转型升级、增大总量、做优质量、打响品牌等任务，大力实施"工业强市"战略、"工业经济倍增计划"，加快建设以高新区为引领的万亿科创大走廊、以经开区为重点的万亿先进制造业大走廊。

要着力构建"亲""清"新型政商关系，打通政企之间的任督二脉，充分激发并引领企业在补短板方面的主体作用，努力让资源、资金、人才等要素向工业企业聚集，夯实工业发展基础，不断优化产业结构。

二是要扩投资。扩大有效投资，尤其是扩大工业投资、增加工业技改投入，是补齐工业短板的重要支撑。要争做工业招商"先锋队员"，引进一批大项目、培育一批大产业，让工业有效投资的规模和效益大些再大些；要密切跟踪落地项目的开工、建设进度信息，梳理排查影响项目开工、推进的规划、土地、基础设施等各类问题，建立问题反馈和协调服务制度，实施精准对接服务。

三是要促智造。制造到智造的转变，是补齐工业短板的关键所在。要积极贯彻"中国制造2025"，加快推进产业创新体系建设，大力实施"互联网＋、机器人＋、标准化＋、数字化＋"4个行动计划，积极申报智能制造示范城市；要积极鼓励技术创新，加快核心关键技术的攻关与成果转化，围绕产业链布置创新链，围绕创新链安排资金链，努力让"西安智造"成为一张亮丽的名片。

工业是立国之本、兴国之器、强国之基。各级各部门要抢抓机遇、应对挑战，加强统筹规划，采取有效措施，发挥企业主体作用，调动社会各方力量，努力补齐工业发展短板。

要加快补齐军民融合短板

（二〇一七年九月六日）

　　推进军民融合发展，既是一项国家战略，也是推进供给侧结构性改革，助力大西安追赶超越、转型升级的重大机遇。西安在军工资源方面有着得天独厚的优势，但在融合发展上，还有不少短板，有很多问题没有解决。

　　比如，2016 年，重庆军民融合产值 3300 亿元，对GDP 的贡献 3.7%；我市军民融合产值 610 亿元，对 GDP的贡献 2.7%，差距显而易见。因此，我们必须抢抓机遇、发挥优势，补齐军民融合短板，推动军民融合往深里走、往实处去。

　　首先，要做好统筹。要着眼"全要素、多领域、高效益"，强化政府主导作用，制订发展规划、确定政策体系，市领导带头包抓联系军工企业院所，扶持优势民营企业"参军"，建设研究院 + 企业 + 示范园区 + 智库 + 基金平台体系，争取重大产业、项目布局西安，形成军民融合产业发展的西安模式。

其次，要深化改革。要把军民融合作为全面创新改革试验区必须破解的难题，重点从体制机制改革、产业发展、成果转化、服务体系建设等方面来推动，努力打破制约"军转民""民参军"的"肠梗阻"，最大限度地挖掘高端军用技术民用化、优势民营企业"参军"的潜力，切实将军工优势转化为经济优势。

再次，要协同发展。要建立健全军地沟通合作机制，搭建军地协作发展平台，在军民融合统计制度改革、军民产品和技术标准通用化方面形成可复制可推广经验；对军工产业政策、军民结合项目、军工人才引进等重大事项，各级要常思常想、常抓常议，形成资源双向利用、功能双向转化、效益双方共享的融合发展格局。

各级各部门一定要提高认识、主动作为，认真补齐军民融合短板，推动军民融合产业向高端、高质、特色、集约方向发展，为西安经济社会发展做出应有贡献。

要加快补齐民营经济短板

（二〇一七年九月八日）

2016年，我市非公经济增加值3302.27亿元，为全市贡献了46%的税收、52.8%的GDP和50%的就业，但与东部发达城市相比，民营经济仍然呈现出总量不大、占比不高、规模不大、龙头企业少等短板特点。

这是一个不能忽视的问题。作为市场经济的重要组成部分，民营经济是追赶超越的潜力和活力所在。倘若不能补齐民营经济短板，切实形成"大企业顶天立地、中小企业铺天盖地"的局面，就会严重影响大西安经济社会发展的质量与效率。

我们要毫不动摇地鼓励支持民营经济发展。要大力实施"民营经济倍增计划"和"民营企业家成长工程"，塑造弘扬"西商精神"，弘扬新时期企业家精神，加快构建"亲""清"新型政商关系，深入开展"千人亲商助企"活动，加大对民营经济、中小微企业的服务力度，真正当好"店小二"。

我们要理直气壮地为民营经济发展创造条件。要从打破"玻璃门""弹簧门"入手，着力解决民营企业市场准入受限制问题，着力解决中小企业融资难问题，着力解决民营企业经营成本过高问题，为民营经济"做大做强"扫除后顾之忧，打造良好成长环境，进一步激发民营经济内生动力。

此外，还要进一步增强责任心，抓好出台的促进民营经济发展、扩大民间投资一系列政策措施的落地见效，切实做到说一件、办一件、成一件；要用心用情用力深入一线解决问题，坚决做到"不叫不到、叫了就到、随叫随到"，确保民营企业的诉求反映"有人听、有人问、有人管"。

各级各部门一定要充分认识到补齐民营经济短板的重要意义，强化责任担当、改进工作作风，在培育壮大市场主体上下功夫，在政策落实和环境保障上下功夫，让民营企业坚定发展信心，放心投资、放手发展！

要加快补齐开放经济短板

（二〇一七年九月十一日）

"开放发展"是中央提出的五大发展理念之一，也是适应经济新常态、实现追赶超越发展的必由之路。今日之西安，要想大踏步奋勇向前，就必须进一步强化"开放不止步"的意识，坚定不移补齐开放经济短板。

要建好用活开放平台。平台是开放经济的基础。要以"一带一路"统领新一轮对外开放，以航空线路、铁路、公路、数字丝绸之路和文化丝绸之路为主体，做实对外开放大通道；要以国际陆港、航空港、海关特殊监管区、口岸为主要依托，做强开放经贸合作平台，加快推进国际产业园区建设，加快物流产业发展。

要培育做强开放主体。企业是开放经济的"主角"。要充分认识到，我国步入了进出口并重、引进外资和对外投资并重的新阶段，请进来与走出去同步实施，下大力气加大外资利用的力度，鼓励西安企业不断加大出口规模，坚定不移走出去，努力让各类企业都能在开放经济中茁壮成长。

要持续优化开放环境。优化开放环境只有起点没有终点。要以"五星级"的标准、"店小二"的作风，真心实意谋改革、解难题、拆藩篱，持续优化开放环境，为发展开放经济铺平道路；要建立健全促进开放经济发展的责任机制、协调机制和考评奖励机制，提高工作效率，为各类企业提供优质服务和最大便利。

开放经济是"牛鼻子"经济，抓住这个"牛鼻子"，就能积聚经济加油提速的"内动力"，就能踏上经济转型升级的"弹跳板"。各级各部门一定要按照市委全会的决策部署，提高认识、抓好落实，不断增强补齐开放经济短板的紧迫感、责任感，让大西安真正成为开放发展的新高地。

要加快补齐区县域经济短板

（二〇一七年九月十三日）

"郡县治，天下安；郡县富，天下足。" 区县域经济是国民经济的基本单元，要清楚认识到，区县域经济欠发达，是大西安的基本市情，也是全面建成小康社会的最大"短板"，加快区县域经济发展刻不容缓、迫在眉睫、势在必行。

要牢固树立"大西安一盘棋"的理念，按照"北跨、南控、西进、东扩、中优"的城市发展思路，抓紧编制第五版大西安城市总体规划，推进西咸一体化，打造城市新轴线、新中心，规划发展新组团。

要大力支持主城区"腾笼换鸟"转型发展，加快发展总部经济、楼宇经济，促进产业高端化发展；要积极推进新型城镇化建设，做优城区、做大区县，大力实施"远郊区县域经济倍增计划"，积极承接城区产业转移，打造一批创新能力强、成长前景好的特色产业园区，以特色延伸产业链条、发展集群经济。

要突出重点、因地制宜，将优势产业做大、做强、做优，积极培育实力雄厚、带动能力强、关联度大的龙头企业，充分发挥大企业在区县域加快发展中的主导作用；要采取有力政策，鼓励返乡创业、能人创业、大学生创业等创业形式，支持小微企业加快发展，支持各类市场主体不断涌现，通过"放水养鱼"，真正激发区县域中小企业的发展活力。

各级各部门要坚决按照市委的决策部署，认真找差距、定目标、寻对策，多措并举，增强区县域经济发展活力，强力推动区县域产业转型升级，扎实做好各项重点工作的落实，努力补齐区县域经济发展短板。

要加快补齐文化产业短板

（二〇一七年九月十五日）

西安文化资源丰富、文化底蕴深厚，但文化产业总量偏小，特色产业培育不足，在全国影响力强的文化企业不多，文化产业发展现状与文化资源大市的地位还不相匹配。因此，擦亮文化产业品牌、补齐文化产业短板，就是怎么重视都不为过的事情。

首先，要进一步增强信心。要按照习近平总书记来陕视察重要讲话精神，坚定不移把文化作为西安发展的第一优势，弘扬好优秀传统文化，利用好丰富的历史文化遗产，做大做强西安文化品牌，打造音乐之城、书香之城、博物馆之城，进一步增强发展文化产业的信心，增强文化自信。

其次，要进一步抓好落实。要按照我市最近出台的《关于补短板加快西安文化产业发展的若干政策》所勾画的现实路径，进一步明确方向、抓好落实，全力推进"文化产业倍增计划"，促进文化与科技、旅游、金融等融合发展，形成有组织管事、有资金做事、有空间干事、有章法理事、有平台促事、有人才成事的文化产业发展格局。

再次，要进一步突出重点。要深入实施"文化＋"战略，重点支持一批文化产业融合类示范项目、示范基地、产学研基地，重点培育文化＋旅游、文化＋生态、文化＋农业、文化＋互联网、文化＋金融等融合项目，最大程度做强市场主体、做大市场规模，努力培育文化产业发展新动能。

要紧扣"创意"，善于"无中生有""有中拉长"，善于"给点阳光就灿烂"，想尽办法吸纳优秀文化创意人才，唱好"文化戏"、打好"文化牌"，把既有资源挖深、用好，让我们丰富的文化资源为文化产业发展奠定坚实基础。

总而言之，文化产业是现代城市综合实力的重要标志，是城市经济发展新的增长点，我们要充分调动文化资源的市场活力，加快促进人才、资金、土地等要素向文化产业聚集，努力补齐文化产业短板，让大西安的明天更加美好。

西安需要一大批创业英雄

（二〇一七年九月十八日）

前几天，《人民日报》刊登了一篇题为《做到最好，你就是英雄》的文章。文章说，一个国家不能没有自己的英雄，一个时代当有自己的楷模。不必抱怨没有脱颖之机、用武之地，做最好的自己，你就是英雄。

今日创新创业之西安，其实也应该大力倡导"做最好的自己，你就是英雄"的浓郁氛围。只有大力激发创新创业活力，努力培育创新创业良好土壤，让每一个创业者都有机会、有能力做到"最好的自己"，就一定会涌现一大批创业英雄，就一定会涌现出一个个"小小马云""小马云"乃至马云。

因此，想尽办法为创业者造氛围、搭梯子、建舞台，激发出他们争当创业英雄的劲头，让他们有足够广阔的空间"一显身手"，就是我们义不容辞的责任。

具体来说，就要求我们的区县、开发区和部门，既要提高认知、优化服务，用足用好户籍新政、"西安创新39条"、

西安创业大街

　　"人才二十三条"新政等现有政策，还要依据形势变化，不断更新优化配套政策，持之以恒地夯实基础、聚集要素，让创新创业的环境氛围更加浓厚、活力更加显现，从而造就更多"创业英雄"。

　　同时，还要充分发挥全市众多创业咖啡街区的作用，用最时尚、最市场的创新方式，搭建更多、更有范儿的创新创业国际引领区，让创业者能够便利地享受到投融资、导师、品牌策划、产业链、市场推广等多种形式的创业服务，让创业者和资本、技术、市场能够更加便捷地牵手。

　　总而言之，创新创业是经济社会发展的原动力，是当今社会最为响亮的奏鸣曲。创业者是时代的英雄，是城市的荣耀，我们一定要努力培育创新创业意识和创新创业精神，营造良好的创新创业氛围，让大西安早日涌现出一大批创新创业英雄。

要用好欧亚经济论坛的平台

（二〇一七年九月二十日）

9 月 21 日，2017 欧亚经济论坛将于西安隆重开幕。此次以"共建'一带一路'：发展战略的对接"为主题的欧亚经济论坛，是在"一带一路"建设全面推进、各领域务实合作深入发展背景下举办的一次重要活动。

同往届相比，2017 欧亚经济论坛将突破"一会一展"的举办模式，采用"论坛、博览会、投洽会"三位一体的架构模式，着力突出会议研讨、商品展示、投资洽谈相互结合、相互促进的功能特色，使欧亚经济论坛服务经济发展的宗旨得以全面体现。

应该说，这样的变化对大西安尤有价值。我们要抢抓"一带一路"机遇，实现追赶超越发展，就要秉持"开明开放、创新创业"的精神，积极放大招商引资、投资洽谈、对外开放"三个平台"功能，将"一带一路"重大合作项目和地方优势主导产业相关联，积极打造新经济、新业态、新模式。

2017 欧亚经济论坛

比如，此次将同期举办的欧亚经济论坛——丝绸之路国际创新设计周，就是创新设计共创分享的重要平台与契机，对促进西安与丝绸之路沿线国家和地区在设计教育、创新创业、产业资源聚集等方面的交流合作和协同创新，对做大做强创新设计产业，有着重要意义。

因此，我们不仅要全力办好即将开幕的 2017 欧亚经济论坛，还要充分挖掘并放大论坛资源，为我们在招商引资、补齐发展短板等重点领域的工作推进聚集更多要素、凝聚更多力量。唯其如此，才能让欧亚经济论坛这张名片更加熠熠生辉。

各级各部门一定要充分认识到欧亚经济论坛的重要意义，积极将本部门、本单位的重点工作与论坛资源紧密对接，切实利用一切可利用的资源、放大一切可放大的功能，向论坛要机会、向论坛要效益，努力站上新起点、开创新局面。

我们衷心期待着本届论坛精彩揭幕，希望论坛能够为"一带一路"下的大西安大发展提供更多更好的发展机遇，发挥更加积极的作用。

要把《习近平的七年知青岁月》
作为案头卷

（二〇一七年九月二十五日）

　　《习近平的七年知青岁月》一书，是由 29 名采访对象的口述汇集起来的一本采访实录。这本书通过一个个栩栩如生的人物、一幕幕鲜活生动的场景，再现了习近平总书记知青时期的艰苦生活和成长历程，让人受感动、受震撼、受教益。我们一定要把《习近平的七年知青岁月》作为案头卷，经常学、经常思、经常悟。

　　一是要学信仰。"先后写了八份入团申请书，写了十份入党申请书"的感人情形，充分昭示了青年习近平的共产主义信仰和社会主义信念是多么坚定、多么赤诚。我们要自觉从中汲取坚定信仰的巨大精神力量，在学思践悟中牢固树立"四个意识"，做到铁心向党、对党绝对忠诚。

　　二是要学为民。"我们选近平当村支书，最主要的是他做事公道、敢于担当，能跟老百姓打成一片，群众需要什么，他就干什么。"我们要像青年习近平在梁家河一样，始终秉持以人民为中心的发展思想，紧扣人民需求，全力做好脱贫攻坚、"三大革命"、"最多跑一次"等重点工作，全心全意为人民谋福祉。

三是要学务实。村民们都说："村里缺地缺粮食，他就带领大家打淤地坝；村里缺水，他就带领大家挖深水井；为了方便村民缝补衣服、磨面磨粉、购买日用品和农具，他给村里办起了缝纫社、代销店、铁业社、磨坊。"我们也要像总书记一路走来的那样，把实事求是、求真务实作为必备的品质，从实际出发、点滴入手、从具体事做起，实打实地解决问题。

四是要学奋斗。在梁家河的日子里，不管多累多苦，青年习近平总是一直拼命干、奋斗不停歇，一步一步地过了跳蚤关、饮食关、劳动关、思想关这"四关"。我们也要像青年习近平那样，在工作实践中肯吃苦、肯出力，用奋斗创造无悔人生，成就非凡事业。

五是要学担当。青年习近平做事"有决心、有毅力，轻易不说出口，只要说出口的话，只要认定了的事，他就坚持到底"。我们要把总书记"敢说敢做敢担当"的优秀品格内化于心、外化于行，凝心聚力补齐"十大短板"，做"勇于改革、善于改革"的担当者、实践者。

各级各部门要把这本书作为"两学一做"学习教育常态化制度化的重要内容，与学习习近平总书记系列重要讲话精神特别是与学习7·26重要讲话精神紧密结合，从中追溯领袖成长的"源"，找到坚守信仰的"魂"，寻求共产党人的"根"，从而推动各项工作不断向前，以优异的成绩迎接党的十九大胜利召开！

从"弯道超车"到换道、换车、换人超车

（二〇一七年九月二十七日）

9月25日，《中共中央 国务院关于营造企业家健康成长环境弘扬优秀企业家精神更好发挥企业家作用的意见》发布。这是中央首次以专门文件的形式，明确企业家精神的地位和价值，是对企业家信心最有效的提振，将大大激发市场活力及全社会创新创业的积极性。

于西安而言，这份《意见》可谓正当其时、意义非凡。毕竟，大西安要实现追赶超越发展，就必须走出"弯道超车"观念，从固有的发展路径上跳出来、从固有的发展动能中跳出来、从固有的市场主体中跳出来，牢固树立"换道超车、换车超车、换人超车"的意识。此种情况下，企业家的健康成长环境、优秀企业家精神及更好发挥企业家的作用，就显得至关重要。

"换道超车"，就是要开创"新赛道"、制定新标准。正如张瑞敏所言，"弯道超不了车，因为道的规则是别人定

的。在弯道上，人家走在前面，你认为人家要减速，但你弯道不应该减速吗？所以弯道很难超车"。

只有用良好的法治环境、市场环境、社会氛围，跑出"旧道"、跑上"新道"，打破别人制定的规则，成为新环境的呵护者、新市场的开拓者、新标准的引领者，才能事半功倍、彰显效果。

"换车超车"，就是要激发"新动能"、跑出加速度。自行车永远跑不过汽车，汽车永远跑不过动车。只有依法保护企业家财产权、创新权益和自主经营权，让市场前景好、成长空间大、创新意识强的企业不断涌现，让新业态、新模式、新技术茁壮成长，努力打造始终站在时代潮头的一流企业、"百年老店"，才能获得推动经济发展的澎湃动力。

"换人超车"，就是要构建"新思维"、营造新活力。企业家是经济活动的重要主体，企业家精神是市场活力的重要源泉。只有大力弘扬优秀企业家精神，让一大批适应新常态、具备新理念的优秀企业家迅速成长，让更先进的管理思维、更充足的创新意识、更敏锐的市场嗅觉成为企业家群体最鲜明的标签，才能真正激发市场活力。

各级各部门一定要认真贯彻落实《意见》精神，坚定不移做到"换道超车、换车超车、换人超车"，让企业家"地位上受尊重，权益上受保护，创新上有动力"，在改革创新、经济发展中扮演更重要的角色，为大西安大发展汇聚更加磅礴的力量！

为企业发展打造一流法治环境

（二〇一七年九月二十九日）

9月25日，《中共中央 国务院关于营造企业家健康成长环境弘扬优秀企业家精神更好发挥企业家作用的意见》发布后，受到了全社会的高度认可、一致欢迎。在这其中，"着力营造依法保护企业家合法权益的法治环境"的表述，尤其惹人注目。

法治是企业家精神的催化剂，也是企业家的保护伞。对追赶超越中的西安来说，"着力营造依法保护企业家合法权益的法治环境"，就是要依法界定政府与企业、市场、社会的关系，以法律确保维护市场主体的合法权益；就是要依法对各类市场主体进行管理和服务，创造公平竞争、创新发展的良好环境；就是要制约政府对经济主体的不正当干预，让市场在资源配置中发挥决定性作用。

第一，要抓住财产权这个基本点。"有恒产者有恒心。"要全面落实党中央、国务院关于完善产权保护制度依法保护产权的意见，认真解决产权保护方面的突出问题，切实增强各类企业家的财富安全感；要对依法有效保护产权的好做法、好经验、好案例加大宣传力度，建立完善因规划调整、政策变化造成企业合法权益受损的补偿救济机制。

第二，要突出创新权益这个关键点。创新是企业及企业家天然的职责，也是最大的效益。要坚定不移加大知识产权保护力度，下硬茬整治各类损害创新权益的事情，为企业创新保驾护航；要结合西安实际，尽快研究制定商业模式、文化创意等创新成果的知识产权保护办法，努力调动企业创新积极性，让新模式、新业态、新技术能够茁壮成长。

第三，要加强自主经营权这个着力点。自主经营权是企业发展的命脉所在。要持之以恒地践行好"不叫不到、随叫随到，当好'店小二'、服务要周到"的"五星级服务"，让企业能够以更好的状态抓经营、谋发展；要加紧建立完善涉企收费、监督检查等清单制度，下大力气清理各类违规收费、违规摊派事项和各类达标评比活动，努力减轻企业负担。

市场经济的大厦，只能建立在法治的基石上。各级各部门一定要深入领会《意见》精神，进一步强化法治意识，为企业家及企业创新发展打造一流法治环境，唯其如此，才能最大限度地激发市场活力、凝聚发展力量！

讲政治　守纪律　重规矩
明是非　当表率

（二〇一七年十月九日）

党的十八大以来，反腐败斗争成果斐然，但孙政才严重违纪案又一次提醒我们，反腐败斗争形势依然严峻复杂，不能有丝毫放松懈怠。我们一定要将全面从严治党进行到底，坚决铲除腐败这个最致命的"污染源"，从而营造风清气正的政治生态。

全市广大党员干部要以周永康、薄熙来、郭伯雄、徐才厚、孙政才、令计划和发生在西安的魏民洲等案为反面教材，以案明纪、以案为戒、以案为鉴，真正把自己摆进去，从"讲政治、守纪律、重规矩、明是非、当表率"上着眼、着力、着手，始终做政治上的明白人。

要旗帜鲜明讲政治。讲政治是做好一切工作的前提。要不断增强"四个意识"，坚定不移向以习近平同志为核心的党中央看齐，与党中央同心同德，党中央提倡什么就认真践行什么，党中央禁止什么就坚决反对什么，做到令出必行、禁出必止。

要坚定不移守纪律。要始终把党的纪律挺在前面，更加自觉地以党章、党的纪律及法律法规规范言行，时刻搞清楚什么事能干、什么事不能干，筑牢拒腐防变的"高压线"，坚决杜绝"情有可原""下不为例""法不责众"的不良认识。

要持之以恒重规矩。无规矩不成方圆。要更加自觉地践行党的优良传统、基本规范和工作惯例，严格落实"三会一课"等制度，注重在私底下、无人处、细微时的一言一行，做到人前人后一个样、台前台后一个样、8小时内和8小时外一个样。

要立场清楚明是非。是非明，才能路子正。既要在政治合格的"大是大非"面前站稳立场，又要在工作生活中的歪风邪气、侵蚀诱惑面前不动摇、不妥协，做到履行职责为公、行使权力为民，不为私欲所动，不为私情所困，不为私利所惑。

要以上率下当表率。领导干部是政治生态的风向标，也是落实党中央部署决策、办好西安事情的关键，必须以上率下当好表率。要带头查摆剖析问题，带头开展批评与自我批评，带头做好整改，带头弘扬优良作风，一级做给一级看，一级带着一级干，争当营造良好政治生态的示范者。

风清气正的政治生态，是大西安实现追赶超越发展的坚实基础。我们要认真汲取孙政才案教训，彻底肃清魏民洲等流毒影响，与推进"两学一做"学习教育常态化制度化紧密结合，确保学深悟透、走在前列，为大西安大发展凝聚更多力量！

"厕所革命"要反复抓、经常抓

（二〇一七年十月十一日）

数据显示，截至 9 月底，全市共新建独立式厕所 256 座，开放附属式厕所 486 座，改造提升 539 座，充分显示了我市"厕所革命"的良好进展，让人欣慰、值得点赞！

但同时要看到，厕所是文明的窗口、旅游的要素、进步的体现，厕所管理得怎么样，直接关系着城市文明程度、治理水平。我们要持之以恒地把"厕所革命"反复抓、经常抓，确保水平不下降、效果不滑坡，让小小厕所成为反映城市大文明和良好治理水平的绝佳平台。

一是要抓布点。西安是国际知名的旅游城市，要将厕所视为塑造城市形象、提升旅游品质的重要渠道，紧紧扣住"多"与"广"两个关键词，不断优化厕所布局、持续美化厕所环境，想办法多设置、多开放一些厕所，做到布局合理、标识鲜明、管用够用，最大限度地满足市民游客的日常需求。

二是要抓卫生。要进一步落实好"所长制"，促使每位

"所长"都能认真履职，使公共厕所卫生水平有显著提升，做到"五无"（无蛆蝇、无杂物、无尘灰蛛网、无明显臭味、无乱刻乱画）、"五净"（尿台净、蹲台净、地面净、门窗净、厕外净）、"一明"（灯明）、"两通"（水通、下水通），杜绝"脏、乱、差"的现象。

此外，特别要强调的是，在做好属于我们管理范围的厕所卫生提升工作的同时，还要想办法将类似加油站厕所、商场厕所等属于行业部门管理的公共厕所纳入"厕所革命"的工作中来，加强督促检查，切实提升卫生水平，给市民游客以良好体验。

三是要抓管理。要像星级酒店一样，用星级管理的标准，优化环境氛围、提升服务水平和转变服务理念，设置无障碍

景区公厕

坡道、婴幼儿打理台、"第三卫生间"等人性化设施，满足多样化需求，让如厕成为一种美好享受。

北大知名学者陈平原在《厕所文化》一书中写道："一个社会的文明程度（包括公德心、科技水平、文明习俗、审美趣味等），在厕所里暴露无遗。""厕所革命"要想持续见效果，就必须反复抓、经常抓，就必须抓细、抓小、抓实，如此，才能为城市增添一道道亮丽的风景！

一切为了人民：
读刘文西《为人民而创作》有感

（二〇一七年十月十三日）

习近平总书记在文艺座谈会上指出，只有牢固树立马克思主义文艺观，真正做到了以人民为中心，文艺才能发挥最大正能量。著名画家刘文西的《为人民而创作》一文，就是从艺术家的角度对总书记"以人民为中心"的具体解读，让人颇有感触。

"画家要一辈子把心思放在画上，放在人民身上。"60年如一日地扎根黄土、贴近人民的刘文西，把总书记"以人民为中心"的发展思想，体现在了自己的画笔下，体现在了自己的创作中，体现在了人民群众喜闻乐见的作品中。

对全市广大党员干部来说，也要多一些"以人民为中心"的自我表达，也要把"以人民为中心"作为自己永恒的工作追求——无论是搞管理还是做服务，都要在思想上行动上把人民放在最重要的位置，始终和人民想在一起、干在一起。

"画家靠画来说话。"对我们来说，支撑我们"说得起话"的最大底气，就是要把习近平总书记的"以人民为中心"的发展思想贯彻好、落实好、体现好；就是要在追赶超越的赛道中，交出一份让人民满意的答卷；就是要通过自己的辛苦拼搏，让广大人民群众有更多的获得感、幸福感。

这就意味着，我们要像以刘文西为代表的老一辈艺术家一样，饱含着对人民的深厚情谊，认真干好脱贫攻坚、招商引资、治污减霾等事关人民切身利益的事情；这就意味着，我们要像以刘文西为代表的老一辈艺术家一样，根植人民、紧跟时代、认真履职，把大西安大发展的辉煌成就献给历史、献给人民。

"金杯银杯不如老百姓的口碑。"人民接受不接受、满意不满意，是评判我们工作的唯一标准，是我们获得群众支持的唯一途径。我们一定要以"店小二"的作风、"五星级服务员"的意识，全心全意办好西安的事情，为人民谋福利。

"一切为了人民"，是我们安身立命之所在。任何时候，我们都要把人民放在心里，与人民血肉相依，欢乐着人民的欢乐、忧患着人民的忧患。唯其如此，我们才能在追赶超越的伟大征程中，做出无愧于人民、无愧于历史的成绩。

以良好的精神状态迎接十九大

（二〇一七年十月十六日）

10月18日，中国共产党第十九次全国代表大会将在北京隆重举行。这意味着，我们即将迎来党和国家事业发展的历史性时刻，我们又一次站到了发展的新起点上。

回望来时路，我们深刻感觉到，党的十八大以来的5年，是党和国家发展进程中极不平凡的5年。5年来，以习近平同志为核心的党中央迎难而上、开拓进取、革故鼎新、励精图治，解决了许多长期想解决而没有解决的难题，办成了许多过去想办而没有办成的大事，推动党和国家事业发生历史性变革，充分体现了中国道路的巨大生机活力。

习近平总书记指出，"良好的精神状态，是做好一切工作的重要前提"。全市上下要紧紧扣住迎接十九大胜利召开这个当前最大的政治责任、政治任务，以昂扬向上的良好精神状态，奋发有为、积极作为、主动作为，为十九大增光添彩。

一是要保持政治定力。保持政治定力，就是要旗帜鲜明讲政治。要多吸"理论之氧"、常补"精神之钙",不断强化"四个意识",始终坚定"四个自信"。特别是,要坚定不移地同以习近平同志为核心的党中央保持高度一致,时时事事处处维护党中央权威和集中统一领导,切实做到爱戴核心、拥护核心、服从核心。

二是要牢记职责使命。牢记职责使命,就是要忠诚履职、认真干事。要牢记"追赶超越"定位和"五个扎实"要求,把心思和精力集中到工作中来,认真干好手中的每一件事,做到小事不懈怠、大事不含糊;要以"人一之我十之,人十之我百之"的劲头,以"功成不必在我""功夫必须在我"的境界,保持好局面、走向新局面。

三是要深入学思践悟。深入学思践悟,就是要及时做好十九大精神的学习贯彻落实。要第一时间组织全市广大机关干部职工、社区群众、社会单位观看大会电视直播和网络直播,及时学习大会精神;要第一时间领会贯彻、武装头脑,确保十九大精神在西安落地生根、开花结果,助力新发展;要第一时间理论联系实际,将大会精神与本职工作紧密结合,切实提升新效能、激发新活力。

党的十九大是在全面建成小康社会决胜阶段、中国特色社会主义发展关键时期召开的一次十分重要的大会。全市各级各部门一定要不忘初心、砥砺前行,以最好的状态迎接十九大、宣传十九大,认真贯彻落实十九大精神,从而引领追赶超越实现新突破!

抓紧学习　　抓紧落实

（二〇一七年十月十八日）

　　今天上午，举世瞩目的中国共产党第十九次全国代表大会在北京开幕。此时此刻，不由得想起了一个多月前，我在瑞士访问的时候，和世界 500 强德科集团董事局主席罗尔夫·都瑞先生交流。他高度评价了习近平总书记治国理政的伟大理念和非凡实践，并深有感触地说："中国由一个伟大的领袖，率领一个伟大的党，正在开创一个伟大的事业。"

　　罗尔夫·都瑞先生作为外国友人，都有如此强烈的感受。我们作为亲历者、见证者，感受更加直接、更加深刻。新的时代条件下，在以习近平同志为核心的党中央的坚强领导下，在习近平总书记系列重要讲话精神和治国理政新理念新思想新战略的科学指引下，中国共产党进行伟大斗争、建设伟大工程、推进伟大事业、实现伟大梦想，取得了和正在取得着更加辉煌的成就。

　　十九大开启了中国发展新时代。今时今日，全市广大党员干部，既要有"天翻地覆慨而慷"的豪迈感，更要有"而今迈步从头越"的紧迫感：唯有牢固树立"按下快进键、跑出加速度"的意识，抓紧学习、抓紧落实十九大精神，我们才能在新的阶段、新的时代做出属于我们的新成就。

抓紧学习、抓紧落实，就是要把十九大的精神，第一时间传达到位、贯彻到位，确保全市每个区县、每个部门、每个党员干部，都能够入脑入心、掌握精髓；就是要把十九大精神及早与日常实践紧密结合，使之成为我们抓好脱贫攻坚、治污减霾、招商引资、"最多跑一次"等重点工作的动力源泉。

我们一定要清楚认识到，对十九大精神的贯彻落实抓得紧不紧，不仅仅是学习态度、学习节奏问题，更是政治态度、政治责任问题。只有真正从思想上行动上重视起来，"事不过夜"地学习领会，"只争朝夕"地贯彻落实，我们才能把讲政治的要求体现得淋漓尽致，才能真正做到对党忠诚。

我们一定要清楚认识到，十九大报告是指导未来中国奋勇前进的历史性、纲领性文件，只有抓紧学习、抓紧落实十九大精神，我们才能更好地把握党情、世情、国情，才能清楚知晓该以怎样的状态向什么方向前进，才能清楚知晓该在哪些地方发力、该怎样发力。

长风浩荡催征帆。我们要在中国特色社会主义道路上跑出"西安速度"、做出"西安贡献"，就必须更加紧密地团结在以习近平同志为核心的党中央周围，就必须抓紧学习、抓紧落实十九大精神，切实担负起应该担当的政治使命、历史使命、时代使命，让"西安铁军"在追赶超越的征程中，铸就新的辉煌！

用习近平新时代中国特色社会主义思想引航现代化新征程

（二〇一七年十月二十日）

　　党的十九大报告中贯穿的习近平新时代中国特色社会主义思想，是"中国之治"的政治宣言、时代宣言，是面向新时代、引航现代化新征程的行动纲领，是马克思主义中国化的最新成果，是进行伟大斗争、建设伟大工程、推进伟大事业、实现伟大梦想的科学指南。

　　习近平新时代中国特色社会主义思想是我们党必须长期坚持的指导思想，是中国特色社会主义进入新时代的重要标志。这一思想的创立，既是党和人民实践经验和集体智慧的结晶，又集中展现了习近平总书记的巨大理论勇气、超凡政治智慧、深刻历史洞见、宽广视野格局和独特思想创新。

　　习近平总书记作为坚强核心、英明领袖、卓越统帅，为新时代中国特色社会主义思想的创立发挥了决定性作用、做出了决定性贡献，开辟了马克思主义新境界、中国特色社会主义新境界、治国理政新境界、管党治党新境界。

肩负新使命、开启新征程，我们必须加强理论武装。在迈入新时代、迈向现代化的重要历史关头，我们要毫不动摇地学习好、运用好习近平新时代中国特色社会主义思想，以其武装头脑、指导实践、推动工作。

具体来说，就是要把习近平新时代中国特色社会主义思想贯穿到我们工作的方方面面，贯彻到抓党建、抓机遇、抓改革、抓发展、抓民生等现代化建设的全过程，以永不懈怠的精神状态和一往无前的奋斗姿态，给市民提供更好的教育、更稳定的工作、更满意的收入、更可靠的社会保障、更高水平的医疗卫生服务、更舒适的居住条件、更优美的环境、更丰富的精神文化生活。唯有如此，我们才能更好把握历史规律，彰显理论价值，回应群众期盼，才能真正把西安的事情办好。

全市各级各部门要不断增强"四个意识"，坚决维护以习近平同志为核心的党中央权威和集中统一领导，当好新时代的排头兵，当好现代化建设的领头羊，奋力谱写大西安追赶超越的时代华章！

苦干实干赢得未来

（二〇一七年十月二十三日）

党的十九大报告提出，从 2020 年到 2035 年再到 21 世纪中叶，是我们基本实现社会主义现代化，把我国建成富强民主文明和谐美丽的社会主义现代化强国的两个关键阶段。"两个十五年"的接续奋斗，为人民安康、民族复兴绘就了明确方向，反响强烈、让人振奋。

对西安来说，包括"两个十五年"在内的十九大报告，可谓句句是机遇、段段是红利。但机遇是有窗口期的，红利也会转瞬而逝，唯有苦干打底、实干为魂，不被束缚、不被拘束，紧盯每一个机遇，放大每一个红利，像钉钉子一样一下接着一下干，才能将十九大报告带来的发展契机转化为良好的发展效果。

一个"干"字，是愚公能够移山的秘诀，也是共产党人夺取一个又一个胜利的法宝。我们每一个区县、每一个部门、每一个人，都要像愚公移山一样，始终秉持苦干实干的劲头，牢牢扭住发展这个第一要务，狠下功夫贯彻落实好十九大精神，狠下功夫抓好脱贫攻坚、全面深化改革、招商引资、创新发展等重点工作，敢想敢闯敢试，确保事事有回音、件件有效果。

我们一定要在习近平新时代中国特色社会主义思想的指引下，按照十九大报告给出的路线图、指挥棒，紧紧围绕社会主义现代化强国的"两步走"战略，让人心向那里凝聚、让智慧向那里迸发、让汗水向那里浇灌，用一以贯之的苦干实干，赢得城市发展的美好未来。

"历史只会眷顾坚定者、奋进者、搏击者，而不会等待犹豫者、懈怠者、畏难者。"任何时候、任何情况，我们都不能有"差不多、松口气、歇歇脚"的想法，都不能指望"轻轻松松、敲锣打鼓"地就能抵达成功的彼岸。

成功源于实干，祸患始于空谈。能吃苦、肯实干，是我们党的优良传统。只有用时不我待、只争朝夕的精神，担当起该担当的责任，脚踏实地地奋斗、扎扎实实地工作，才能奋力走好新时代的长征路，才能无愧于人民期待和时代责任！

坚定不移发展壮大实体经济

（二〇一七年十月二十七日）

党的十九大报告指出，建设现代化经济体系，必须把发展经济的着力点放在实体经济上。实体经济是经济发展的核心支撑力，是经济活跃度的"风向标"，没有实体经济的发展，经济社会发展只能是纸上谈兵、空中楼阁。

于西安而言，坚定不移发展壮大实体经济，喊响做亮"西安制造"品牌，打造"中国制造2025"示范城市，就是深化供给侧结构性改革、提高经济发展质量和效益的必由之路。

一是要扩大投资夯实基础。投资是产业的关键。要持之以恒抓好招商引资这项"一号工程"，让包括央资、民资、外资在内的更多资本在西安催生更多市场主体；要紧盯高新技术、先进制造业、商贸物流3个万亿级产业目标，不断做大做强实体经济产业规模，着力构建现代产业体系，让包括先进制造业在内的众多产业都能向高端推进、向高端转化，为经济转型升级夯实基础。

二是要做优存量做强增量。要通过互联网＋、科技进步、融合发展等手段，推动三大产业向中高端迈进，促进传统产业实现转型升级；要通过打造"硬科技之都"，让智能制造、光电芯片、航空航天等技术含量高、市场前景好的新产业能够迅速做大做强；要紧盯"丝路科创中心"目标，通过发展"大学生创业经济""校友经济""院士经济""院所经济""教师经济"等五大创新创业经济，助力新技术、新模式、新业态不断涌现。

三是要优化环境释放活力。要以"五星级"的标准、"店小二"的作风，优化市场发展环境，完善资源要素市场化配置，做好"放管服""最多跑一次"等改革事项，促使金融、土地、人才、技术等要素更多向实体经济聚集，让市场绽放更多活力；要大力弘扬优秀企业家精神，大力弘扬"开明开放、创新创业"的城市精神，让一批更具创新、更具魄力、更具国际视野的优秀企业家能够脱颖而出，引领经济发展。

实体经济强则城市强。各级各部门一定要振奋精神、开动脑筋、攻坚克难，想尽办法支持实体经济发展，想尽办法促进经济转型，努力构建现代化经济体系，为实现追赶超越发展汇聚磅礴力量！

阿里巴巴"五新"战略的启示

（二〇一七年十月三十日）

2016 年，阿里巴巴集团董事局主席马云在杭州云栖大会上，提出了新零售、新制造、新金融、新技术、新能源等"五新"战略，旨在以大数据、云计算为主要手段，通过传统经济与数字经济的结合，积极营造参差多样、透明高效、彼此成就、公平繁荣的商业生态。

实践证明，一年多来，在"五新"战略的推动下，阿里巴巴的各项业务都有了飞速的发展。这似乎说明，阿里巴巴的"五新"战略是敏锐而准确的，是与经济"新常态"以及供给侧结构性改革的政策方向相契合的，值得我们高度关注。

我们要在十九大精神的指引下，大力发展实体经济，提高供给质量和效率，建设现代化经济体系，就要像阿里巴巴一样，着力于互联网时代商业基础设施的搭建和升级，敏锐把握并积极实践包括新零售、新制造、新金融、新技术、新能源在内的各种新趋势、新理念。

也就是说，我们要激发新活力、构建新经济、走向新西安，就是要加快推进人、货、物的重构，让西安的数字商业和实体商业充分融合，重塑消费者与零售业、制造业的互动关系；就是要紧扣人工智能、云计算、大数据等新的生产力，加快推进传统制造业向先进制造业迈进，加快推进三大产业沿着"互联网+"的路子融合发展。

就是要积极借助互联网大数据的力量，积极开展普惠金融，让80%乃至更多的中小企业、年轻人和消费者，都能够在创新创业的过程中不会"一文钱难倒英雄"；就是要把计算视为最重要的技术，把数据视为最重要的能源，用计算和数据的共同力量，大力促进西安经济结构的转型升级，让新模式、新业态、新需求不断涌现。

"好风凭借力，送我上青云。"我们只有像阿里巴巴一样，积极创新思维、努力把握趋势，始终站在新趋势、新理念的风口之上，才能在城市竞争的赛道上跑出加速度、展示新形象、成就新作为。

艰苦奋斗精神不能丢

（二〇一七年十一月一日）

　　昨日，习近平总书记带领中央政治局常委集体瞻仰了上海中共一大会址和嘉兴南湖红船，重温了入党誓词。新一届中央领导集体用这种庄严而隆重的形式，深刻回顾了我们党艰苦奋斗的光辉历史，充分昭示了十九大"不忘初心、牢记使命"的主题，充分诠释了共产党人从哪里出发、为什么出发的理想情怀，让人感佩、让人赞叹！

　　大西安要学习好、贯彻好、落实好十九大精神，要开启新征程、书写新篇章、走向新辉煌，就必须像总书记所说的那样，坚决摒弃"轻轻松松、敲锣打鼓"的念头，不忘初心、牢记使命、永远奋斗，就必须向总书记看齐、以总书记为榜样，把肯吃苦、不怕苦作为最鲜明的人生标签，始终秉持艰苦奋斗精神和艰苦创业优良传统，埋头苦干、奋勇向前。

　　一是要让艰苦奋斗精神扎根在思想上。要加强艰苦奋斗精神教育，引导全市广大党员干部深刻认识保持艰苦奋斗精神的必要性和紧迫性，牢固树立正确的世界观、人生观、价值观，自觉把思想统一到学习贯彻十九大精神上来，自觉把思想统一到抓改革、促发展、惠民生等重点工作上来，努力做到甘于吃苦、勇于吃苦、乐于吃苦。

二是要让艰苦奋斗精神落实在行动上。要大力弘扬艰苦奋斗的作风，进一步强化"我是谁、为了谁、依靠谁"的认识，促使广大党员干部特别是年轻干部下基层接地气、到一线受锻炼，切实提高直面各种矛盾和问题的能力，努力培养吃苦耐劳、坚忍不拔、肯干想干的优秀品格，为十九大精神的贯彻落实提供坚强保障。

三是要让艰苦奋斗精神体现在用人上。要坚持正确选人用人导向，让那些对党忠诚、对群众感情真挚、深得群众拥护、不畏艰辛的干部得到褒奖和重用，让那些遇困难就躲、遇矛盾就逃、严重脱离群众的干部受到警醒和惩戒，从而在全社会形成吃苦肯实干、能吃苦能成事、有为就有位、吃苦不吃亏的良好局面。

总书记指出，选择吃苦就选择了收获。每一代人都有不同的际遇和使命，都要面对不同的困难和挑战。我们要在新的历史起点上进行伟大斗争、建设伟大工程、推进伟大事业、实现伟大梦想，就不能在应当吃苦时选择安逸，就不能在应当奋斗时选择逃避！

全市广大党员干部一定要把艰苦奋斗精神作为干事创业的必备"食粮"，不忘初心不忘本，努力为大西安大发展做出无愧于历史、无愧于人民的骄人成绩！

忠诚勤奋的优秀企业家鲁冠球

（二〇一七年十一月二日）

前不久，民企"常青树"——万向集团董事局主席鲁冠球去世。作为改革开放以来第一代优秀民营企业家的代表人物，他用自己忠诚、勤奋的一生对中国梦做了最好的诠释，并以独特的人格魅力、百折不挠的创业精神，激励着无数人奋勇向前。

鲁冠球为什么能够成功？"只要你尽心、尽责、尽力去做一件事情，当别人一周工作5天，而你365天都不休息，别人在过年初一，而你还在接着干，那么你一定能成功。"鲁冠球是这样说的，也是这样做的。

"我每天工作16小时，按每天8小时计，我已经活过120岁了，才有今天。"这句豁达之言的背后，是多年以来鲁冠球始终不变的作息习惯：早上5点10分起床；6点50分到公司；晚上6点45分下班回家、吃饭；7点开始看《新闻联播》《焦点访谈》；8点处理白天没忙完的文件；9点开始看书看报；10 点半有点困了，冲个澡继续学习；0 点准时睡觉。

今天，我们追忆鲁冠球，就是希望从作息时间这样的日常点滴中，寻找到他们这代企业家成功的密码，寻找到中国当代企业家在改革开放 40 年中积累起来的宝贵经验。因为，鲁冠球等改革开放先行者的人生故事和价值尺度，是全社会共同的财富，值得永远铭记。

有鉴于此，我们就要像鲁冠球一样，把忠诚写进血液中，把勤奋融入骨髓中，"一天做一件实事，一月做一件新事，一年做一件大事，一生做一件有意义的事"，全力做好"五星级店小二"，更好地服务群众、服务企业、服务社会。

我们还要大力弘扬优秀企业家精神，着力营造适宜企业发展、企业家成长的优良环境，让无数个心怀梦想、勇于创新、埋头苦干的人都能脱

鲁冠球

颖而出，让无数个爱国敬业、勤勉尽责、敢闯敢拼的企业家都能在时代洪流中成就伟业、铸就辉煌。

我们纪念鲁冠球，就是希望缺少大企业家的西安，能够多一些像鲁冠球一样的顶天立地的大企业家，能够涌现出一大批铺天盖地的优秀企业家，能够产生一大批"小马云""小小马云"，能够生长出千军万马的大大小小企业，能够成为让企业家如鱼得水的典范之城。

传奇谢幕，丰碑永铸！当今社会，新技术、新市场、新业态不断喷涌而出，大西安要紧扣时代脉搏，在追赶超越的赛道上加速奔跑，就必须从如鲁冠球一样的优秀企业家身上汲取养分，就必须如鲁冠球一样始终挺立在时代变迁的浪尖风口，砥砺奋斗、不断向前！

大西安需要千军万马的企业家

（二〇一七年十一月三日）

近日，浙商第一代领军人物、万向集团董事局主席鲁冠球去世。扼腕叹息、沉痛追忆之余，我们迫切期待着，在未来的日子里，能够有更多的优秀企业家，将鲁冠球等改革开放先行者的宝贵精神和优秀品格，继续传承绵延。

这一点，对西安尤有意义。毕竟，当今城市之间的竞争表面上是企业资源的争夺，实际上是企业家智慧的比拼——优秀的企业家，不但能够把小企业做大，把死企业盘活，把好企业做得更好，还引领着城市风气与精神面貌的改变。

企业家是城市发展的直接推动者。大西安这座昔日的荣光璀璨之城、今日的追赶超越之城，要想"旧貌换新颜"、重现芳华、重铸辉煌，就必须有一大批大企业家，就必须让无数企业家以千军万马奔腾向前的奋勇姿态一路驰骋。

遥想当年，我们的黄河彩电、蝴蝶手表、太阳锅巴、华山照相机等本土品牌也曾享誉海内外，遗憾的是，由于种种复杂的原因，这些原本给这座城市增添了无上荣耀的品牌，最终还是走向了没落。

由此可见，一个好的带头人，一批优秀的企业家是何其重要。今天，大西安重整旗鼓、重新出发，打造新时代的知名品牌、知名企业，构建现代化经济体系，就要用"五星级"的"店小二"服务，大力弘扬优秀企业家精神，大力营造"开明开放、创新创业"的城市氛围，让更多优秀企业家茁壮成长、脱颖而出。

有人说，一座大的城市必有一批大企业，也必有一批大企业家；反之亦然，只有拥有一批大企业、大企业家，才有城市之大、之富、之强。个中原因在于，足够多数量的企业家、足够有影响的大企业家，能够凭借其过人的感召力、实践力、推动力，把城市变成创新的高地、创业的福地、财富的聚集地。

换言之，企业、企业家与城市，其实是相互支撑、共生共荣的关系，就像阿里巴巴、马云之于杭州，华为、任正非之于深圳，海尔、张瑞敏之于青岛。于是，我们热切盼望着，在不远的将来，我们自己的"马云""任正非""张瑞敏"也能在大西安的城市发展史上，写下浓墨重彩的一笔。

大西安需要千军万马的一大批企业家，是城市的渴盼，是历史的呼唤。我们要深入学习贯彻十九大精神，紧紧抓住"一带一路"等黄金机遇，切实增强城市的影响力、吸引力，努力培育出一批足以支撑城市发展、勾勒城市未来的优秀企业家！

不忘初心、牢记使命、永远奋斗

（二〇一七年十一月六日）

党的十九大闭幕仅一周，习近平总书记带领中共中央政治局常委集体瞻仰上海中共一大会址和浙江嘉兴南湖红船，回顾建党历史，重温入党誓词，宣示了新一届党中央领导集体的坚定政治信念，为全党上了一堂生动深刻、直抵灵魂的党课。

"红船劈波行，精神聚人心。" 习近平总书记在中共中央政治局常委集体瞻仰中共一大会址和南湖红船时的重要讲话中提出的"红船精神"，同"井冈山精神""长征精神""延安精神""西柏坡精神"等一道，共同筑成了我们党不忘历史、映照现实、折射未来的永恒精神和思想丰碑，激励着一代又一代共产党人不断向前。

我们要坚定不移地维护核心、忠贞不渝地紧跟领袖，深刻学习领会习近平新时代中国特色社会主义思想的丰富内涵、精神实质、核心要义，更好地用这一当代中国最生动、最鲜活的马克思主义武装头脑、指导实践、推动工作，确保学通弄懂做实、入脑入心入行，为追赶超越发展夯实精神基础。

我们要"革命理想大于天"，不断发扬"红船精神""延安精神"等党的革命精神，以开天辟地、敢为人先的姿态，坚定理想、百折不挠的劲头，坚定不移立党为公、忠诚为民，始终站在历史和时代发展的潮头，勇于变革、勇于创新，永不僵化、永不停滞，把十九大重要决策部署的贯彻落实抓紧、抓细、抓实，坚定不移地按照总书记勾画的美好蓝图奋勇向前。

我们要始终把人民福祉摆在第一位，积极回应人民对美好生活的新期待，以永不懈怠的精神状态和一往无前的奋斗姿态，恪尽职守、认真履职，做好脱贫攻坚、招商引资、城市建设等各项重点工作，一步一个脚印向着美好未来前进，让人民群众的获得感、幸福感、安全感更加充实、更有保障、更可持续。

"其作始也简，其将毕也必巨。"全市各级各部门要把学习贯彻习近平总书记在中共中央政治局常委集体瞻仰中共一大会址和南湖红船时的重要讲话精神，与学习贯彻党的十九大精神紧密结合起来，与"延安精神"紧密结合起来，与西安实践紧密结合起来，不忘初心、牢记使命、永远奋斗，努力走好大西安新时代的长征路！

大西安要用硬科技创造美好未来

（二〇一七年十一月八日）

昨日，首届全球硬科技创新大会在西安隆重召开。本次以"硬科技改变世界，硬科技引领未来，硬科技创造美好生活"为主要内容的大会，是西安贯彻落实十九大精神，凝聚各方智慧、汇聚各方力量，聚焦硬科技、发展大产业的重要载体、绝佳平台，具有十分重要的意义。

硬科技是西安的"王牌"，抓住硬科技，就能找到追赶超越的新跑道，就能抓住换道超车的新机遇，就能为产业转型升级打造新引擎。我们要乘势而上、狠抓落实，按照"全球硬科技之都"的定位与愿景，以光电芯片、航空航天、智能制造等硬科技"八路军"为突破口，大力推动"硬科技＋"，加快建设"中国制造2025"示范城市，助推大西安实现大发展。

一是要坚定不移做响硬科技品牌。品牌是影响力，也是号召力、生产力。要始终把硬科技视为大西安最宝贵的城市

财富、最靓的"城市 IP",坚定不移加大创新力度、做响硬科技品牌,让硬科技的机遇充分勃发,让硬科技的潜能充分挖掘,让硬科技的精彩愈加绽放,为全市硬科技产业发展"跑出加速度"奠定坚实基础。

二是要坚定不移做大硬科技产业。产业是城市发展的基石。要利用好、落实好《西安市发展硬科技产业十条措施》等产业政策,加快推进西交大中国西部科技创新港、西工大翱翔小镇、西部云谷等一批硬科技示范小镇建设,畅通硬科技成果转化渠道,做大硬科技产业规模,切实推进实体经济发展,促进产业迈向中高端、经济实现中高速,努力打造现代化经济体系。

三是要坚定不移做优硬科技生态。硬科技的发展,离不开完整的产业生态系统。要以"五星级"的标准、"店小二"的作风，不断优化营商环境、营创环境、营智环境，努力构建更强动力的产业生态系统、更具活力的创业生态系统、更具魅力的生态宜居系统，让更多"硬科技＋"企业能够如鱼得水、茁壮成长，让创新创业的种子能够成长为参天大树。

　　硬科技是时代的需要，是发展的需要。首届全球硬科技创新大会的召开，把西安推向了科技最前端、世界最前沿。各级各部门要紧盯硬科技发展不放松，一件接着一件办，一下接着一下干，久久为功、善作善成，为发展实体经济、建设科技强国和制造强国做出"西安贡献"，从而为大西安创造出更加美好的未来！

认真学习党章、时刻铭记党章

（二〇一七年十一月十日）

  党章是党的总章程，集中体现了党的性质和宗旨、党的理论和路线方针政策、党的重要主张，规定了党的重要制度和体制机制，是全党必须共同遵循的根本行为规范，铭刻着我们党的初心和使命，需要每一个党员认真学习、时刻铭记！

  党的十九大修改并通过的新党章，体现了党的十八大以来，马克思主义中国化的最新成果，体现了以习近平同志为核心的党中央治国理政新理念、新思想、新战略，体现了坚持和加强党的领导、全面从严治党的成功经验，是党的路线、方针、政策不断成熟，党的建设不断进步和加强的重要体现。

  全市广大党员一定要把认真学习领会新党章，特别是学习贯彻习近平新时代中国特色社会主义思想，坚定维护以习近平同志为核心的党中央权威和集中统一领导，作为学习贯彻党的十九大精神的重要内容，反复学、经常学，力求学深悟透、入脑入心，为在新时代进行新奋斗奠定坚实基础。

一是要学深。要拿出"绣花功夫",原原本本、原汁原味地读原文,做到熟知党章的基本内容,全面理解党的纲领,牢记党的宗旨、党员的权利和义务;要详细研读新写入的习近平新时代中国特色社会主义思想、中国梦、"四个自信"等 107 处修改内容,切实做到把握新精髓、了解新要义,力求对党章的认知和理解达到新高度、契合新要求。

二是要细照。要以照镜子的姿态,认真对照党章,为自己找到正确的参照系、坐标系,看差距所在、雷池所在、方向所在,看自己是否存在理想信念模糊动摇、党的意识淡化、精神状态不振、道德行为不端等问题,切实做到"带着问题学,带着问题改",进一步坚定理想信念、明确基本标准、树立行为规范,使党章真正起到正衣冠、律言行的作用。

三是要笃行。要以党章为尺,把党章内化于心外化于行,时刻不忘自己的党员身份,争做遵守党章的模范,做到时刻自重、自省、自勉、自励,自觉抵制不良作风、不良风气的侵蚀,将党章的规定要求落实到日常工作的方方面面,始终心系党、心系人民、心系国家,体现共产党员的先进性和纯洁性。

"君子务本,本立而道生。"党章就是共产党员的"道",唯有紧紧扭住这个"道",做到学而懂、学而信、学而用,我们才能不断砥砺信仰信念、锤炼党性修养,从而为追赶超越发展凝聚更加磅礴的力量!

为"全球程序员节"点赞

（二〇一七年十一月十三日）

前几天，西安隆重举办了首届"全球程序员节"。这次盛会，让包括 20 多万名西安程序员在内的全球程序员有了第一个共同节日，促进了全球程序员之间的沟通，加强了行业前沿技术和经验的交流，激发了程序员的创造力，值得肯定、值得点赞！

作为数字世界的构建者，程序员用"0"和"1"两个数字，推动着时代的变革和发展，影响着人们生活的方方面面——从普通人的衣食住行，到国家竞争中的"高、精、尖"，代码无处不在，程序无处不在，计算无处不在。

我们必须认识到，在数字经济如火如荼的当下，程序员其实已经成为先进生产力的中坚力量，代表着先进生产力的发展方向。大西安要打造高新技术、先进制造、商贸物流等三大万亿级产业，要打响"全球硬科技之都"的金字招牌，要构建现代化经济体系，就离不开一大批有活力、能创新、肯拼搏的优秀程序员，就要成为全球程序员的"高地""福地""宝地"。

更重要的是，举办"全球程序员节"，营造重视程序员的浓郁氛围，还是建设"丝路硅谷""中国软件名城"的重要载体，是贯彻落实党的十九大精神，加快建设科技强国、网络强国、数字中国、智慧社会的具体举措，与未来西安发展的质量和效率息息相关。

求伯君说，IT产业是程序员一条代码一条代码写出来的。我们要吹响大西安"换道超车"、转型升级的冲锋号，要在追赶超越征程中写下浓墨重彩的一笔，同样需要站上时代的风口，不放过每一个机会，一下接着一下干，努力催生出属于大西安的一大批优秀程序员、卓越产品和数字经济巨头企业，为新技术、新模式、新经济的不断勃发奠定坚实基础。

"全球程序员节"只是起点，绝非终点。类似"全球硬科技创新大会"和"全球程序员节"这样的全球品牌活动，应该多些再多些，应该坚定不移地叫响做亮、做大做强。这样，我们才能聚集更多人才、激发更多活力、跑出更快速度。

抓落实决不能做"表面文章"

（二〇一七年十一月十五日）

前不久，"2017全球硬科技创新大会"和"首届全球程序员节"两个全球品牌活动圆满闭幕。这两个活动，一个着眼产业硬件，一个着眼产业软件，一硬一软相得益彰，共同构筑了西安产业转型升级的有力举措。我们一定要紧盯活动形成的各项共识与部署，埋头苦干、狠抓落实。

进而言之，大西安要在追赶超越的赛道上快马加鞭、快人一步，在全省乃至全国做表率、当示范，就要强化抓落实的意识、提高抓落实的本领，把各项工作的落实都抓得紧而又紧、实而又实，切实形成齐头并进、迅猛向前的良好局面。

要看到，在抓落实的过程中，我们还有一些干部存在着抓而不实、抓而不紧的问题——或不愿抓落实，当面口号震天响，背后慢作为、不作为；或不敢抓落实，遇到困难绕着走，碰到矛盾就上交；或不会抓落实，不到一线研究问题、解决问题，甘当"文抄公""传声筒"。

"井无压力不出油，人无压力轻飘飘。"抓落实决不能做"表面文章"，决不能笼而统之。要清晰目标、把握节奏，妥善处理远期、中期、近期目标之间的关系——当下，就是要在全省各项工作中都敢于往前走，敢争"前五位、前三位，甚至第一位"，"坚决摆脱后三位，坚决不做最后一名"，用实实在在的效果和成绩，将中省要求和各项部署贯彻到底。

抓落实，关键在领导。全市各级领导干部要始终立足于"实"，敢争第一、永争第一，全力抓实、狠抓落实，力求实效；要紧盯关键环节、关键指标，放好哨、站好岗，做到"守土有责""赏罚分明"，该表扬就表扬，该批评就批评，该否决就否决。

要围绕重点工作，一级干给一级看，一级带着一级干，多问问自己推进了哪些工作、解决了哪些问题，多想想自己付出了哪些努力、取得了哪些成效，努力把事情做到位、做充分，做到人民群众的心坎儿上。

为政之道，贵在落实。我们一定要脚踏实地、认真履职、奋勇向前，用一件又一件的实事、好事，努力开创大西安大发展的良好局面！

要把全国文明城市的
"金字招牌"擦得更亮

（二〇一七年十一月十七日）

11月14日，第五届全国文明城市揭晓。经过复查确认，西安蝉联"全国文明城市"称号。这块亮丽的"金字招牌"，是对全市人民接续奋斗、共同努力的最好肯定，是大西安的骄傲与荣耀，让人倍感振奋、备受鼓舞，值得点赞！

文明细节见城市精神。去年以来，西安的文明细节始终保持着活力，并不断注入新内涵，形成新亮点——"烟头革命""厕所革命""行政效能革命"等"三个革命"，让城市面貌愈发美丽、政务服务愈发便捷；文明交通"车让人"，让每一位市民和游客都深刻感受到了城市的浓浓暖意……

文明不仅仅是一份荣耀，更是一种催人向前的力量。西安的追赶超越，不仅仅体现在GDP增长、城市建设等"硬件"上，还体现在道德秩序、服务效能、生态环境、营商环境等"软件"上，两者相辅相成、缺一不可；而且，人民群众对美好生活的渴盼，从来也不会停止，需要我们不断对文明创建赋予新使命、新标准，以契合时代发展新要求。

尤其还要清醒地看到，城中村、棚户区、城乡接合部等薄弱地区的环境压力还很大，部分市民群众的文明习惯还存在着较大的反复性，个别政务服务机构的服务水平还有待提升，这些，都需要我们以更加持久、更加艰辛的努力，去一个个解决。

因此，进入全国文明城市并非一劳永逸，蝉联全国文明城市也并不意味着可以高枕无忧，在"有进有出"的评选机制面前，我们不能有丝毫喘口气、歇歇脚的想法——唯有始终保持一份清醒，继续争创"三连冠""四连冠"乃至"N连冠"，把全国文明城市的"金字招牌"擦得更亮，才能让更多的文明种子生根发芽、开花结果，才能推动城市更好发展。

也就是说，只有在文明创建中推动经济发展，改善民生福祉，提升城市品位，只有将文明创建体现在物质文明、政治文明、精神文明、社会文明、生态文明等各个方面，让文明的基因永远跳跃在城市的血脉中，我们才能真正将西安建设好、发展好。

习近平总书记强调："只有站在时代前沿，引领风气之先，精神文明建设才能发挥更大威力。"我们要把文明创建作为城市发展的加速器，心往一处想、劲往一处使，不断升腾城市文明力量，不断深化城市文明气质，为大西安追赶超越发展汇聚起更加动人的力量！

新时代需要创新精神的企业家

（二○一七年十一月二十日）

1984年，改革开放正徐徐展开。这一年，25岁的张维迎发表了一篇题为《时代需要具有创新精神的企业家》的文章。文章说，企业家是经济增长的"国王"，要使经济富于活力，就离不开成功的企业家，就需要具有创新精神的企业家。

时光荏苒，30多年后的今天，中国迈入"强起来"的新时代，但企业家作为经济活动组织者的主角身份不但没有变，反而更加重要；创新作为第一发展动力的共识不但没有变，反而更加凸显。我们要在新时代开启新篇章、创造新辉煌，就更离不开具有创新精神的企业家。

企业家"一头挑着技术，一头挑着市场"，是成果转化、市场开拓的重要力量，是经济转型升级、快速发展的关键一环。我们要深入挖掘丰富资源、厚植发展优势，切实增强追赶超越的竞争力，就必须紧紧依靠企业家的创新，进行技术创新、市场创新和管理创新，从而让更多的新技术、新业态、新模式不断出现。

也就是说，大西安能否实现大发展，既取决于企业尤其是创新型企业的多寡，更取决于具有创新精神的企业家的多寡。只有拥有一大批具有创新精神的企业家，我们才能让更多创新型企业茁壮成长，才能不断推动技术升级、技术进步，才能不断促使新技术走向新市场，才能获得更高质量、更好效率的增长。因此，我们给予具有创新精神的企业家多么高的重视都不为过。

而且，由于企业家长期在市场中直接面对"生与死"的考验，因而他们的思维方式是最开放、最具有活力的，往往对新事物、新趋势、新变化，具有别人难以企及的敏锐度。这种开放与活力及敏锐度，恰恰也是我们在构筑现代化经济体系过程中最需要的，恰恰也是我们在激发市场活力及城市活力过程中最欢迎的，值得珍惜并发扬。

企业家是城市发展的重要推动者。我们要以"店小二"的作风、"五星级"的标准，优化服务、提升效能，积极打造适宜企业家生长的良好环境，使其敢想敢试、敢拼敢闯，为大西安在新时代实现新发展凝聚更多力量！

民生无小事　件件是大事

（二〇一七年十一月二十二日）

11月15日，我市正式进入供暖季。但一周来，群众关于供暖不足或没有暖气的反映却时有发生。尤其是19日全市迎来雨夹雪天气之后，由于气温骤降，群众对暖气的呼唤更加强烈、更加迫切。

此种情形，容不得丝毫马虎。毕竟，暖气不是普通的商品，而是牵扯无数人切身利益的民生福祉，做得到位不到位、好不好，直接反映着我们是否"以人民为中心"，是否真真切切把人民群众的冷暖放在心头，怎么重视都不为过。

十九大报告指出，保障和改善民生要抓住人民最关心、最直接、最现实的利益问题。当前来讲，解决好供暖中存在的各种问题，保证每一个群众都能安全取暖、温暖过冬，就是我们必须要抓好、做好的事情。

虽然影响供暖的因素有很多种——或是天然气存在缺口，或是供热企业设备改造滞后，或是小区热换站技术参数不能满足负荷要求，或是物业管理服务不到位，但无论哪种客观因素，都不能成为老百姓用不上、用不好暖气的理由。

要知道，一个"暖"字，不仅凝结着群众的期盼，同时也考验着我们的工作水平和工作能力。只要我们打起精神、积极作为，始终把人民的利益放在心头，把群众的事情当自己的事情，一个矛盾一个矛盾去化解，一个难题一个难题去解决，就没有"过不去的火焰山"，就没有啃不下的"硬骨头"。

具体来说，就是要强化供暖工作的统筹协调，"一把手"亲自上阵、亲自问、亲自抓；就是要夯实工作责任，第一时间处置突发故障，第一时间排查整改，第一时间回应诉求，做到"守土有责""不留死角"；就是要严格纪律，坚决问责那些对老百姓不负责、不作为、乱作为的人员。

"民生无小事，件件是大事。"包括供暖在内的每一个民生问题细节，都可能"牵一发而动全身"，都会引起极大关注。全市各级各部门，一定要奋发有为、认真履职，急群众之所急、想群众之所想，扎扎实实做好城市供暖工作，让广大人民群众都能充分感受到来自党和政府的温暖，都能为我们真心点赞！

要真心诚意服务好企业家

（二〇一七年十一月二十四日）

　　企业家是创新的主体，是经济活动的重要组织者。成群结队、千军万马的企业家，决定着经济增长的质量与效率，每一个心怀梦想、追求卓越的城市，都倍加重视优秀企业家精神的弘扬，都倍加重视企业家群的建设。

　　"一个工业国家企业组织完善与否，经济增长速度的快慢，关键要看它有没有一个成熟的企业家群。"对西安来说，亦是如此。大西安要实现大发展，就必须在十九大精神的指引下，落实好中央25号文件精神，建好企业家群，使众多企业家能够共享资源、共同成长、共同成就，从而在大西安建设中发挥更大作用、做出更大贡献。

　　我们有千余家大企业及更多的中小企业，这些企业的法人代表或经营负责人，是西安企业家队伍的有机构成。他们的感受如何、满意与否，是我市营商环境的"风向标"与"温度计"，是我们转型升级、提质增效，打造现代化经济体系的关键一环，需要我们用心、用情、用力地做好服务。

要清楚认识到，建好企业家群不是喊出几个概念、下发几份文件、开上几次会就行了，而是要真正把企业家群作为弘扬企业家精神、促进经济转型发展的重要载体，作为嘘寒问暖、牵线搭桥、排忧解难的重要渠道，力求出实绩、见实效。

要清楚认识到，建好企业家群不是"临时之举""应景之作"，而是我们落实十九大精神和中央25号文件的有力举措，要抓长、抓常、抓细、抓实，确保每一个平台、每一项机制、每一次活动，都能在创新创业、要素聚集、信息交汇等方面发挥应有作用。

要清楚认识到，建好企业家群不是个别人、个别部门的事情，而是全市上下需要共同直面的时代考题。每一个区县开发区、每一个部门，都要以高昂的热情、过硬的作风，按照时间节点和具体任务，夯实责任、狠抓落实。

我们常讲，要做服务企业的"店小二"。某种程度上，企业家群就是我们这些"店小二"手中的一个"利器"，就是"五星级"标准的重要体现，可以让我们的服务热情更加彰显、服务质量更加优秀、服务效果更加精准。

全市各级各部门要充分认识到建好企业家群对于弘扬优秀企业家精神、更好发挥企业家作用的积极意义，大胆创新思路，拿出真招实招，真心诚意服务好企业家，不断激发企业家干事创业的热情，为大西安追赶超越发展凝聚更多力量！

把文化产业打造成
新时代大西安大发展的大支柱产业

（二〇一七年十一月二十七日）

前几天，我们召开了全市补短板加快文化产业发展工作推进会。会议指出，要深入学习贯彻党的十九大精神和全省文化产业发展工作推进会议精神，坚定文化自信，实施"文化＋"战略，把文化产业打造成新时代大西安大发展的大支柱产业。

什么是大支柱？简单说，就是要让文化产业成为新时代大西安经济发展的"顶梁柱"，为新时代追赶超越发展"撑起一片天"。就像杭州，2016 年 GDP 是 11700 亿，而整个文化产业在 GDP 中的占比就达到了 22.2%，产业规模远远高于全国平均水平，经济带动作用十分明显。

西安文化资源丰富、文化底蕴深厚，但一直没有充分形成现实生产力，一直没有充分转化为产业发展优势和集聚优势，是制约发展的一个关键短板。因此，吹响大西安文化产业大发展的新号角，让文化产业成为新时代大西安大发展的大支柱产业，就是我们迫在眉睫、义不容辞的责任。

我们要清楚认识到，文化产业具有高附加值、高融合度、低耗能、低排放等特征，是典型的绿色产业，是一个可以无限放大、没有天花板的大产业，蕴藏着数不清的机遇与可能。只要我们紧扣新时代的脉搏，始终站在产业的"上风口"，积极吸收先进经验、善于内部挖潜、勇于创新创意，就能做到"无中生有、有中拉长"，实现跳跃式、跨越式发展。

具体来讲，就是要对标先进城市的好理念、好做法，为文化产业发展培育肥沃土壤，让一切新技术、新模式、新业态可以落地生根、茁壮成长；就是要以文化＋市场的力量、科技的力量、金融的力量，最大限度地挖掘发展潜力，努力把资源优势转化为产业优势、发展优势；就是要牢记创新是文化产业发展的第一动力不动摇，想尽办法促进文化与旅游、生态、文博、会展、体育等产业深度融合发展，为经济增长汇聚更多澎湃动力。

此外，还要牢牢扭住文化产业倍增计划这个关键点，抓好大项目招商、大项目推进、大平台建设、大企业培育、大品牌塑造等工作，放大产业聚集效应、带动效应，切实构建"生态完备、梯次清晰、后劲充沛"的良好发展局面。

文化产业是现代城市综合实力的重要标志，是城市经济发展新的增长点。全市各级各部门一定要提高认识、夯实责任、狠抓落实，努力把文化产业打造成新时代大西安大发展的大支柱产业，为实现追赶超越发展贡献更多力量！

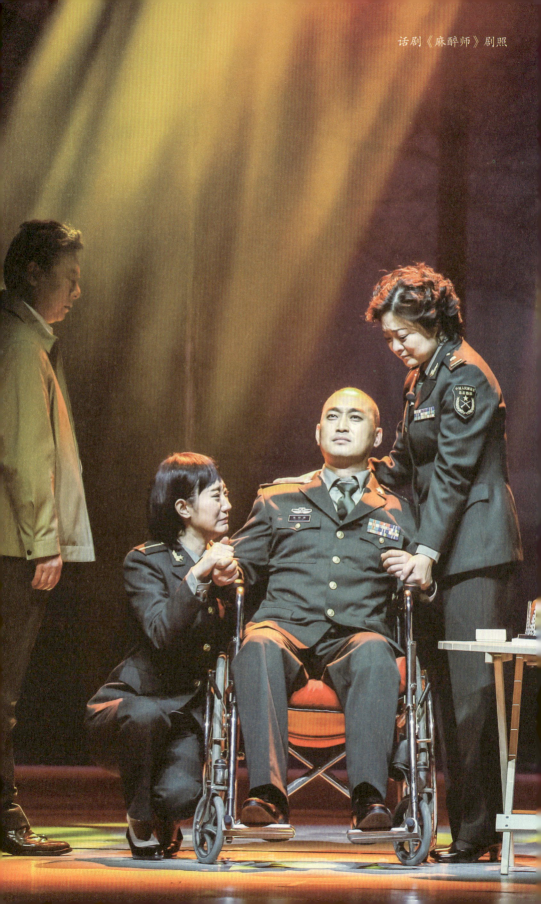

话剧《麻醉师》剧照

"厕所革命"要抓实抓细抓出更大成效

（二〇一七年十一月二十八日）

近日，习近平总书记就旅游系统推进"厕所革命"工作取得的成效做出重要指示。他强调，两年多来，旅游系统坚持不懈推进"厕所革命"，体现了真抓实干、努力解决实际问题的工作态度和作风。

总书记的"点赞"，充分说明了"厕所革命"在锤炼干部作风、增进民生福祉等方面具有重要意义。同时，也再次坚定了我们把"厕所革命"抓实抓细抓出更大成效的决心和信心！

下一步，我们要乘势而上、扩大战果、持续深化，坚定不移抓方案、抓扩展、抓标准、抓评比、抓进档、抓示范、抓布点，努力使城市里的每一个厕所都能成为映衬城市精细化管理的一个窗口，都能成为反映城市大文明和良好治理水平的绝佳平台，让海内外游客和市民群众真心点赞。

具体来说，就是要紧扣"实"字，在布局合理、干净卫生的基础上，突出特色化、人性化和国际化，体现景观化、生态化、智能化，让每一位市民游客都能有更便捷、更舒适、更人性的使用体验；就是要扭住"细"字，在落实好"所长制"的基础上，像管理星级宾馆一样，用精细而科学的管理手段，开展星级评比、挂星考核，让低星到高星的受到奖励，让高星到低星的受到惩罚，最大限度地激发干劲、确保效果。

此外，还要放宽视野、提高站位，争取更大成效。要以"厕所革命"为原点，以点带线、以线带面，全面升级改造全市范围内的基础设施尤其是农村的基础设施建设，将其作为乡村振兴战略和"三年城乡环境大整治"的一项具体工作来推进，努力补齐包括厕所在内的众多影响群众生活品质的短板，促进城乡文明建设取得进展、实现突破，让人民群众有更多的获得感和幸福感。

"一个城市文明不文明、现代不现代，去上个厕所就知道了。""厕所革命"与"烟头革命"开展近一年来，对西安旅游增色不少，对城市形象同样增色不少，我们要以此为契机，持续抓、深入抓、反复抓、经常抓，为旅游效益、城市形象、文明水平等方面再上台阶奠定坚实基础。

厕所是小事，却事关民生福祉，体现城市管理水平。全市各级各部门要贯彻好落实好习近平总书记的重要指示精神，鼓足干劲、埋头苦干、狠抓落实，不断巩固并深化"厕所革命"的显著效果，为大西安实现大发展做出应有贡献！

大西安需要更多
像赛艇一样的国际品牌

（二〇一七年十一月二十九日）

　　1829 年，英国牛津大学和剑桥大学在泰晤士河上举办了首次校际赛艇比赛，这被很多人视为现代赛艇运动的起源。从此以后，赛艇这项被誉为"工业文明之花"的现代运动项目逐渐风靡全球。

　　西安同样是赛艇运动的"沃土"。我们既拥有西安交大赛艇队、空军军医大学赛艇队等多支名校赛艇队，还连续 3 年举办了"灞河竞渡"赛艇挑战赛，昆明池国际名校赛艇对抗赛、浐灞赛艇训练中心也分别于今年隆重揭幕。亚洲赛艇联合会不但多次来西安指导活动，还将其视为大西安包容开放的重要符号。

　　这是让人非常欣慰的事情。作为一项具有精英传统的国际运动项目，赛艇既让外界看到了内陆城市西安在生态文明、精神文明建设等方面的累累硕果，更让这座古老的城市增添了现代化、国际化的因子，对于城市活力的激发、城市品牌

在灞河举办的赛艇赛

的塑造、城市形象的提升有着十分重要的意义。

　　同时，同舟共济、迎难而上、敢为人先的"赛艇精神"，恰恰也是今日追赶超越之西安所必需的。说到底，"千帆竞发""百舸争流"的赛艇运动，其实就是一场追赶超越的激烈竞速，这其中，需要心往一处想、劲往一处使，需要不惧困难、不畏艰辛，需要奋勇争先、永不放弃。

　　因此，办好赛艇比赛、发扬"赛艇精神"，让更多人因为赛艇认识西安、了解西安、爱上西安，让西安因为赛艇更具现代活力、更有国际范儿，就是一个要长期坚持的城市命题，需要我们牢牢扭住、持续发力。

进而言之，我们既要把赛艇赛事一届又一届办下去，办出水平、办出精彩、办出影响，还要以此为契机，让诸如国际马拉松赛、国际音乐节等国际化运动项目、品牌活动，都能在西安落地生根、大放异彩。唯其如此，我们才能让大西安在现代化、国际化的路上愈走愈稳、愈走愈远。

　　"罗马不是一天建成的"，现代化、国际化的大西安也不会从天而降。我们只有像海绵吸水一样，如饥似渴地吸收包括赛艇在内的一切现代化、国际化"水分"，才能改变固有的黄土、秦腔、城墙印记，真正成为一座现代之城、国际之城、魅力之城。

企业家"第一排并肩坐"的启示

（二〇一七年十二月一日）

11月29日，第四届世界浙商大会在杭州开幕。和往届大会主席台突出省领导不同，这次马云、宗庆后等浙商代表和浙江省委书记车俊、省长袁家军等领导肩并肩坐在了主席台第一排。这样的做法，让人眼前一亮、击节叫好！

"第一排并肩坐"，看起来是个小事情，却彰显了大意义——就像吉利集团董事长李书福所言："今天主席台的座位安排，正是党委、政府'亲商、安商、富商'理念无声的诠释。要问什么叫'亲''清'新型政商关系，这张座位表就是最好的回答。"

我们常讲，要对企业家高看一眼、厚爱三分，但有的时候，很多领导干部却不知道该如何"高看"、怎么"厚爱"。现在，浙江企业家和省领导"第一排并肩坐"的做法，无疑给了我们很好的启迪，即要从一件件小事抓起、要从一个个细节抓起。

古语有云，一屋不扫何以扫天下。很难想象，一个习惯对企业家呼来喝去、不注重企业家感受的领导干部，能够真正做好服务企业的"店小二"；很难想象，一个时刻都想突出地位、彰显身份，时刻不忘"官本位"的领导干部，能够用心做好"放管服""最多跑一次"等改革事项。

也就是说，要激发和保护企业家精神，让企业家发挥更大作用，就必须在任何时候、任何地方都尊重和认同企业家。具体来说，就是既要通过减少审批、提高效率、优化环境等方面的努力，构建坦荡真诚、清纯洁白、有为也有畏的新型政商关系的"里子"；也要通过"第一排并肩坐"、嘘寒问暖这样的生活细节，给企业家撑起新型政商关系的"面子"。

十九大报告强调，要激发和保护企业家精神，鼓励更多社会主体投身创新创业。只有让"第一排并肩坐"这样的"琐事"都能成为每位党员干部的"本能反应"，让每位企业家从里里外外都有实实在在的获得感、尊严感，我们才能真正做到弘扬优秀企业家精神，才能真正激发他们的创新创业活力。

企业家是推动城市发展的重要力量，是当今社会最宝贵的财富。我们要像浙江一样，从点点滴滴做起、从日常小事做起，通过一个个实打实、心贴心的细节，让企业家可以如鱼得水、茁壮成长、成就事业，从而为大西安大发展贡献力量！

要大力弘扬"红船精神"

（二〇一七年十二月四日）

　　2005 年 6 月 21 日，习近平同志在《光明日报》发表了《弘扬"红船精神" 走在时代前列》一文，文章首次提出并阐释了"红船精神"。2017 年 11 月 30 日，党的十九大胜利召开一个多月后，新华社重新播发了总书记的这篇重要文章。一大建党时的历史呐喊，与"不忘初心、牢记使命"的时代号召，穿越时空、遥相呼应。

　　源于建党伟业的"红船精神"，概括起来就是"开天辟地、敢为人先的首创精神""坚定理想、百折不挠的奋斗精神""立党为公、忠诚为民的奉献精神"。今天，大西安要在新时代走好追赶超越的新征程，就必须大力弘扬党在历史洪流中磨砺出的"红船精神"，从而为大西安大发展提供不竭动力。

　　大力弘扬"红船精神"，就是要敢为人先、勇于创新。当下的西安，正处在全面建成小康社会、建设国家中心城市、实现转型升级的关键时期，我们要始终秉持敢为人先、勇于创新的气魄，以新发展理念破除一切影响发展、影响创新的旧观念、旧思维、旧机制，不断激发城市创新创业活力，让新技术、新模式、新业态都能够在西安落地生根、蓬勃生长。

大力弘扬"红船精神"，就是要昂扬向上、奋发有为。每一代人有每一代人的使命，每一代人有每一代人的长征路。我们要以昂扬向上、奋发有为的姿态，抓重点、补短板、强弱项，全力做好脱贫攻坚、招商引资、深化改革、城市建设、全面从严治党等各项重点工作，为实现中华民族伟大复兴中国梦做出"西安贡献"。

大力弘扬"红船精神"，就是要立党为公、忠诚为民。党的十九大报告，200多次提到"人民"，数次强调"人的全面发展""以人民为中心"。我们要始终秉持立党为公、忠诚为民的作风，永远把人民对美好生活的向往作为奋斗目标，积极回应群众反映最强烈的问题，下大力气解决上学难、就业难、住房难等民生"九难"，切实增进人民福祉，让人民群众有更多的获得感、幸福感。

"乔木亭亭倚盖苍，栉风沐雨自担当。"从烟雨红船到巍巍巨轮，"红船精神"丰富了共产党人的精神图谱，也是我们迈向未来的动力之源。站在新的历史方位下，我们要沿着"红船"开辟的精神航道，不忘初心、砥砺前行，以永不懈怠的精神状态和一往无前的奋斗姿态，向历史、向人民交出新的更加优异的答卷！

千方百计把实体经济抓上去

（二〇一七年十二月六日）

党的十九大报告指出，"建设现代化经济体系，必须把发展经济的着力点放在实体经济上"。实体经济是国民经济的根基，是转变增长方式、转化增长动力的关键一环，大西安要实现追赶超越发展，就要千方百计把实体经济抓上去，努力书写全面振兴实体经济的精彩篇章。

一是要加快招商引资，扩大有效投资，强化项目支撑。要把有效投资作为全面振兴实体经济的主抓手，坚持招商引资这项"一号工程"不动摇，紧盯外资、内资、民资、央资、融资等"五资"抓招商，积极放大投资的聚集效应、带动效应，让大西安投资热土的城市形象愈发彰显；要充分认识到大项目、好项目对于城市发展的重要意义，坚定不移强化项目支撑，紧盯重点项目落地率、开工率不动摇，切实做到开工一批、竣工一批、谋划一批、储备一批。

二是要改造传统产业，发展先进产业，努力迈向中高端。

要把握好新时代供给侧结构性改革方向，充分利用"互联网+"、云计算等先进技术手段，加快技术成果转化步伐，加大传统产业改造力度，推动传统产业向中高端迈进；要以"硬科技"产业为切入点，大力发展数字经济、智能经济、创意经济、绿色经济、流量经济等新经济模式，努力让大西安成为新技术、新模式、新业态的引领者。

三是要做强国有经济，做大民营经济，做强做大实体经济。要解放思想、创新思维，通过实施重组整合、产权多元化、股份制改造、建立现代企业制度等改革措施，激发市属国有企业活力和发展动力，使国有经济竞争力和影响力显著增强；要大力弘扬优秀企业家精神，努力打造一流营商环境，在金融、医疗、基础设施、民生服务、军民融合等方面，给予民营企业更多机会、开放更大平台，帮助民营企业做大做强，推进民营经济实现新飞跃。

振兴实体经济，事关追赶超越的质量和效率，决定着大西安的发展未来。全市各级各部门，要坚定信心、开动脑筋、埋头苦干，努力推动实体经济大发展、大转型、大提升，从而为大西安大发展注入新的活力！

要以人民为中心创造政绩

（二〇一七年十二月八日）

"政声人去后，民意闲谈中"是我们常讲的一句话。虽然只有区区 10 个字，内涵却十分丰富，一方面告诫为官者不要被在位时的夸赞冲昏头脑、迷失自我，另一方面说明一个道理——为政之道，当顺民心、厚民生。

概括起来，就是要牢固树立正确的政绩观，做到全心全意为人民服务，以人民为中心创造政绩。长期以来，我们的绝大多数领导干部都能牢固树立正确政绩观，赢得人民群众广泛好评，但也有个别领导干部政绩观不正，只说漂亮话、不干漂亮事，只想升官发财、不念百姓疾苦。

这种现象，必须旗帜鲜明地反对。政绩观是党员干部对工作业绩的总体认识和根本观点，其背后是世界观、价值观、群众观的集中体现。做不到以人民为中心创造政绩，不仅影响领导干部个人成长，容易误入歧途，而且影响城市发展、影响党和人民的事业。

为官者，追求政绩无可厚非，这是领导干部实现自身价值的内在要求。但追求什么样的政绩、如何追求政绩，却如同一面镜子，让领导干部的水平、境界、情怀一目了然。

只有始终秉持以人民为中心的发展理念，我们在干事创业的时候，才能多一些客观务实、少一些胡乱决策，才能"为民"不"为己"、"利公"不"利私"，才能避免"小山头""小圈子"利益，真正把立党为公、执政为民落到实处。

今天的西安，正处于大发展的黄金机遇期，也是领导干部一显身手、大展宏图、实现人生价值的最好时候。我们要倍加珍惜这一难得机遇，在脱贫攻坚、招商引资、城市建设、民生福祉等方面认真谋划，一下接着一下干，用一件又一件的实事、好事不断推动城市前行，不断彰显自我价值。

从京东方"716 工作法"说起

（二〇一七年十二月十一日）

最近，京东方董事长王东升在谈及企业文化时讲到，京东方长期以来坚持的工作法叫"716 拼命干"，即每周工作7 天，每天工作 16 个小时。正是靠着这种"拼命干"的劲头，京东方通过 20 多年的努力，由一个亏损多年的大型国有企业成为全球半导体领域的现代化领军企业。

此种状况，让人不由得想起了习近平总书记在十九大报告中所指出的，"中华民族伟大复兴，绝不是轻轻松松、敲锣打鼓就能实现的。全党必须准备付出更为艰巨、更为艰苦的努力"。某种意义上，京东方的"716 工作法"、京东方的成功经历，正是一个企业对总书记谆谆告诫的最真实映衬。

同样的道理，大西安要在十九大精神的指引下实现追赶超越发展，就要像京东方"716 工作法"所诠释的那样，把拼搏融入血液中、把实干融入骨髓，咬定目标、艰苦奋斗，苦干实干拼搏干，把每一件事关大西安大发展的事情都做扎实、做到位、做充分。

应该说，去年年底以来，全市上下表现出来的干事创业劲头让人感动。但更要看到，追赶超越是一个漫长的征程，需要我们充分做好长期拼搏、持久拼搏的准备——任何时候、任何地点，都不能有丝毫"歇一歇、站一站"的想法，都不能想着"已经很不错了，可以松口气了"。

只有我们每个人都全情投入、全力以赴，最大限度地提高工作效率，尽可能把每件事情"不干则已、干就干到最好"，才能让大西安迎来提速、提质、提效的生动局面；只有我们每个人都能做到"不在最好位置睡觉""事不过夜马上办"，铆足了劲儿向前冲，大西安才能紧紧抓住一个个黄金发展机遇，才能追上对手、赶上对手、超越对手。

一直以来，王东升的信念是："世界上没有办不成的事，只有想不到的事，想到了，看准了，就去干，不达目的，绝不罢休，就一定会成功。"全市广大党员干部也要牢固树立"不达目的，绝不罢休"的干事信念，以"永不懈怠的精神状态和一往无前的奋斗姿态"，干在实处、干出精彩，为大西安大发展贡献更多力量！

要干就干最好，要干就干第一

（二〇一七年十二月十三日）

2017 年前三季度，京东方在多类别设备显示屏持续保持较高市场份额，包括手机液晶屏、笔记本显示屏、平板显示屏，出货量均位列全球第一。

可以说，这一连串的"全球第一"，是京东方这家企业 20 多年来艰苦努力、不断拼搏的最佳例证，也是其"干就干最好，干就干世界第一"价值追求的生动诠释，让人印象深刻！

由此，我们不由得想到，大西安要沿着十九大绘就的宏伟蓝图奋勇向前，在新时代里实现追赶超越发展，就要像京东方一样，始终坚持高定位、高目标、高要求的统一，坚定不移做到"要干就干最好，要干就干第一"。

《孙子兵法》有云："求其上，得其中；求其中，得其下；求其下，必败。"目标追求的高度，决定了工作的力度和发展的宽度。倘若没有"要干就干最好，要干就干第一"

的劲头，不能以国际视野、国际水平和国际标准来确立参照系，大西安就很难真正实现大超越大跨越大发展。

个人干第一。我们要经常问问自己，自己在这个岗位干好了没有？历史上谁干得最好？自己离他有多大差距？有没有干到第一，干出最好的自己？

团队干第一。我们要经常问问自己，我们所在的团队，是否对标先进、对标第一，敢拼敢争？自己作为团队中的一分子，是否竭尽全力，为团队增光添彩？

单位干第一。我们要经常问问自己，自己的单位是否在本地区乃至在全国同行中走在前列？我们哪些工作可以拿得出手，可以形成行业亮点、创造新鲜经验，让同行佩服赞叹？

"人人都争第一，西安勇创第一"，是大西安服务"一带一路"建设、建设国家中心城市、当好全省追赶超越发展的"领头羊"的关键所在。我们每个人、每个团队、每个单位，都要认真检视一下，条件好的有没有盯着第一干，争取"综合第一"；条件不具备的有没有创造条件、寻找突破口，争取"单打第一"——只有人人都奋勇争先、人人都争第一，才能确保西安勇创第一，才能体现出应有的使命感、责任感。

步入新时代，站上新起点，大西安未来可期。全市广大党员干部要始终秉持"要干就干最好，要干就干第一"的理念，立志做大事、用心做大事，持之以恒、锲而不舍地干好西安的事情，努力做出无愧于历史的贡献！

再谈"烟头革命"

（二〇一七年十二月十五日）

"烟头革命"的实施，迄今已近一年时间。这一年来，我们围绕烟头做了很多工作，这些实实在在的举措，净化了生活环境、改善了干部作风、提升了城市品质，赢得了舆论的赞赏，受到了群众的欢迎，让人欣慰、值得肯定。

但在肯定成绩的同时，我们更要看到，"烟头革命"永远在路上，"每天都要从零开始"——一方面，既要保持巩固已经形成的大好局面；另一方面，还要认真思考，明年的"烟头革命"该从哪里发力、要走向哪里。

捡烟头，捡起的是一种文明。从一开始的不理解，到现在的点赞与支持，这种变化说明了城市文明的理念正在深入人心。未来，我们要像捡烟头一样，通过一个个小事情、小细节的改变，让政治文明、经济文明、社会文明、文化文明、生态文明等方面，都能取得大突破、大进展，都能浸透城市的角角落落。

捡烟头，捡起的是一种作风。小烟头，折射大作风；小烟头，映衬精益求精的工作标尺。我们要摒弃"差不多"心态，以极端认真、极端负责的态度，努力培养从小事做起、从细节做起、精细化管理的习惯，精益求精、善作善成，最大程度地体现我们工作的标准和追求。

捡烟头，捡起的是一种责任。烟头落在地上，视而不见是一种态度，捡拾起来又是一种态度。下一步，我们要通过"烟头革命"，让每一个市民、每一名干部都能进一步强化主人翁意识、责任意识，切实做到"到位不缺位""作为不乱为"，自觉成为谋改革、促发展、惠民生的好推手，为大西安的美好未来贡献应有力量。

说到底，"烟头革命"不仅仅是"捡烟头"这个简单动作，更是一种"行为革命""思想革命"。我们只有以"烟头革命"为契机，紧密联系自己的日常生活、日常工作，举一反三、有机拓展，才能将"烟头革命"不断推向纵深，才能聚沙成塔、集腋成裘，迎来城市大文明。

"烟头革命"只有进行时，没有完成时。全市广大党员干部一定要坚定不移地将"烟头革命"进行到底，反复抓、经常抓、时时抓、处处抓，抓出新境界、抓出新格局、抓出新气象，从而为追赶超越发展奠定更坚实的基础！

李国武是大西安新时代最可爱的人

（二〇一七年十二月十八日）

12月10日上午，43岁的保安李国武因徒手接坠楼女子而不幸身亡。连日来，李国武舍己救人、见义勇为、勇于献身的英雄行为感动了所有西安人，也在全国范围内引起了强烈反响，他是大西安新时代最可爱的人！

学习李国武，就是要学习他忠于职守、认真负责的敬业精神。作为一名保安，他以职业的使命感挺身向前。在这里，我们看见了中华民族舍生取义的传统美德，看见了人性中真善美的道德光芒，看见了社会主义核心价值观的动人力量。

学习李国武，就是要学习他舍己救人、见义勇为的牺牲精神。从见义勇为的千万富翁戴俊，到舍己救人的李国武，新时代的西安人正通过不断赓续的奋不顾身、舍己救人、见义勇为精神，沉淀着、传承着、书写着优秀的城市精神和璀璨的文明之花。

学习李国武，就是要学习他不怕吃苦、敢于担当的奉献精神。我们要在新时代追赶超越征程上展现新作为、创造新业绩，一刻也离不开精神的力量，这就需要每个人都能以不怕吃苦、敢于担当、勇于奉献的精神，为城市助力加油、增光添彩。

我们要充分发挥榜样的引领作用，发现并挖掘更多如李国武一样的，在大西安建设中涌现出来的先进人物和典型事迹，让更多的榜样力量能够转化为全市广大群众的生动实践，让大西安的城市精神能够更加昂扬、更加勃发，从而不断增强城市发展的内生动力。

我们还要健全机制，通过一系列有力的举措，表彰他们、保障他们、呵护他们，解决他们的后顾之忧，在全社会切实形成尊重英雄、讴歌道德、弘扬品格的浓郁氛围，进而激励更多人、鼓舞更多人谱写精神文明的时代凯歌，让优秀的城市精神能够润泽每个人的工作风貌、行为举止、文明气质，让大西安更有温度、更有情怀、更有品质。

伟大的时代需要伟大的精神。未来，我们要以大力弘扬李国武见义勇为、勇于奉献的先进事迹为契机，不断激励全市人民崇德向善、见贤思齐，不断鼓励全社会积善成德、明德惟馨，为实现追赶超越发展凝聚起强大的精神力量和有力的道德支撑！

六盘水市"三变"改革启示

（二〇一七年十二月二十日）

2014年以来，贵州省六盘水市在脱贫攻坚中推行"三变"改革，即"资源变资产、资金变股金、农民变股东"，经过三年多的探索，不仅被写入了2017年中央一号文件，还成为全国脱贫攻坚、农民增收的一个样本。

六盘水与西安，虽然区位不同、自然条件不同、市情不同，但其解放思想、敢闯敢试、敢想敢干的"三变"改革做法，对我们做好脱贫攻坚、增加农民收入、实现乡村振兴，同样具有很强的现实意义，值得认真借鉴学习。

比如，六盘水有个千年古银杏村落，叫妥乐村，那里有1415棵古银杏树，通过"三变"改革，村子做成了旅游景区，这些古银杏树入股到了旅游公司，农民既能获得门票分红，又能出售银杏果获得增收，还可以在家门口打工。

很显然，这样的有效连接资本和农民利益的"三变"改革做法，就是对习近平总书记"要通过改革创新，让贫困地区的土地、劳动力、资产、自然风光等要素活起来，让资源变资产，资金变股金，农民变股东，让绿水青山变金山银山，带动贫困人口增收"指示的生动诠释。

六盘水的"三变"改革经验告诉我们，改革是推动发展的根本动力。只要不被陈旧观念局限、不被坛坛罐罐束缚，勇于改革、善于改革，敢想敢试敢创新、敢闯敢干敢担当，我们就能在新时代走好追赶超越新征程。

下一步，我们要在十九大精神的指引下，像六盘水"三变"改革一样，坚持"无物不股、无资不股、无事不股、无人不股、无奇不股"，广泛运用"三变＋特色农业""三变＋乡村旅游""三变＋特色小镇""三变＋现代金融"等模式，将荒山、土地、林业、水域、闲置房屋、村集体资金等生产生活要素都盘活起来、运用起来，让更多农村资源实现增值，最大限度地增加农民收入、促进农村经济的增长。

全市各级各部门一定要充分认识"三变"改革在脱贫攻坚、发展农村集体经济，促进农业产业链整合和价值链提升，完善农村治理结构和治理体系等方面的重要意义，进一步解放思想、改革创新、务实担当、增强合力，在"三变"中求新、求变、求进，努力为大西安大发展贡献新智慧、新举措、新办法！

从航空客流突破 4000 万说起

（二〇一七年十二月二十二日）

12 月 15 日，西安咸阳国际机场迎来了今年的第 4000 万名旅客，成为全国第 8 个旅客吞吐量突破 4000 万人次的机场。这是大西安城市发展史上的一件大事，标志着我们构筑国际对外开放大通道的步伐进一步加快，与世界的连接更加紧密！

这对于提升西安的综合枢纽地位，进一步聚集各种要素，发展枢纽经济、门户经济、流动经济以及物流经济，也具有十分重要的支撑作用。

仔细分析，西安咸阳国际机场自 2007 年旅客吞吐量突破 1000 万人次后，10 年之中完成了三次千万量级的大跨越——尤其是 2016 年至 2017 年，旅客吞吐量以年均近 500 万人次的增量，净增近 1000 万人次，加速奔跑姿态显而易见。

往更深处、更宽广处看，还有 2017 年 1—11 月西安共接待海内外游客 17450.61 万人次，同比增长 20.5%；还有市场主体超 100 万的骄人成绩；海航现代物流、吉利新能源汽车、华侨城等大项目的蜂拥而至……这些都充分说明了大西安已经成为投资的热点城市，城市地位越发重要，美誉度、"西引力"愈来愈强。

而且，一座城市航空港的繁忙与品质，往往代表着这座城市的繁华与地位，也是城市经济发展活跃度的重要标志。毕竟人是城市最宝贵的资源。人来了，信息才能来，机遇才能来，资金才能来，货物才能来，贸易才能来。

大西安作为内陆城市，不沿海、不靠边，对外开放更要靠蓝天。要想真正深化对外开放新格局，就必须紧紧围绕"一带一路"建设，以航空枢纽为依托，在人的聚集、人的流动中，建立起足够的"向心力""聚集力""影响力"。

站在航空客流突破 4000 万的新起点上，我们要紧盯打造一流航空枢纽目标，开通更多国际航线，不断优化航空货运发展环境，不断提升旅客吞吐量和航空货运量，为枢纽经济、门户经济、流动经济发展增添更为强劲的动力。

站在航空客流突破 4000 万的新起点上，我们要抢抓机遇、做强服务、做优环境，不断激发市场活力、城市活力，坚定不移向开放要红利、要效益，让更多的资源、更多的要素都能加速向西安聚集，都能在西安转化为生产力。

"要想强，靠民航。"全市各级各部门要以航空客流突破 4000 万为契机，干在实处、走在前列，全面织密大西安通向全球的空中丝绸之路，让大西安更加紧密地融入"一带一路"、融入世界！

既要欢迎"挑刺" 也要善于"拔刺"

（二〇一七年十二月二十五日）

　　最近看到一则新闻，大意是说一家企业开出百万年薪招聘"酒店医生"，其工作主要是像啄木鸟一样给酒店"挑刺"，即通过试住体验，为酒店的服务、预订系统、质量管理等项目打分，并有针对性地提出提升改进的意见。

　　由此不由得想到，我们要打造一流营商环境，就得像酒店行业一样，积极主动地欢迎"挑刺"。毕竟营商环境好不好，企业和企业家感受最强烈、最有发言权，他们挑出来的"刺"越多，对我们改进工作帮助就越大。

　　遗憾的是，最近却有企业家反映，自己在给营商环境"挑刺"后，相关部门确实能够积极响应，但调查问题时的工作方式方法简单欠妥，反而给他们平添了许多烦恼，极大地挫伤了再次"挑刺"的积极性。

　　这种情况需要引起我们的警醒。要知道，企业家愿意"挑刺"，说明人家信任我们，没有把我们当外人，愿意同我们一起解决问题，如果"挑刺"后反而遭遇不公正待遇，下次谁还敢讲真话、说实情呢？营商环境又如何能够进一步得到改善，市场活力又如何能够进一步释放呢？

因此，我们既要欢迎"挑刺"，也要善于"拔刺"。我们必须要明白，发展中的大西安不可能没有问题，不可能不长几个"扎人的刺"，能不能正视问题，能不能勇于"拔刺"，直接关系着大西安发展的质量和效率，容不得丝毫马虎，来不得半点虚假。

只有遇到让企业和企业家不舒服的"刺"就去拔，只有发现影响营商环境的"刺"就去除，我们才能够拥有一副健康的"身板"，才能获得企业和企业家的信任；只有对发展中的矛盾不回避，对工作中的问题不遮掩，第一时间上门倾听，第一时间排查整改，第一时间反馈回应，我们才能形成长效机制，从源头上除刺消刺、防刺滋生。

"良药苦口利于病，忠言逆耳利于行。"全市各级各部门要以闻过则喜的态度，鼓励群众争当"刺客"，欢迎百姓积极"挑刺"，努力在政府部门和企业及企业家之间搭起连心桥，最大程度地为追赶、超越、发展清障扫尘！

各级干部要以干事为荣

（二〇一七年十二月二十七日）

喜剧《七品芝麻官》中有一句台词，叫作"当官不为民做主，不如回家卖红薯"。我们是党的干部，担负着党和人民的重托，总不能连一个封建社会的七品官都不如，应该以干事为荣、以避事为耻，尽心尽力干好工作。

"有什么样的精神状态，就有什么样的工作结果。"当前的大西安正处在加速发展、追赶超越的重要关头，各级领导干部的精神状态特别重要。只有始终对工作怀有一种激情，保持一种冲劲、干劲，不回避矛盾、不推诿责任，不做"懒人"、不做"看客"，才能推动城市发展，真正拉近党群、干群关系。

以干事为荣，就必须干出成绩来。成绩是最大的勋章，是最好的肯定。我们不能决定自己能当多大的"官"，但可以决定自己能干成多大的事、干出多少成绩。我们一定要"实字在先，干字当头"，积极谋划自己的事业、主动计划自己的人生，"不在最好的位置睡觉"，用骄人的成绩在城市发展史上留下自己的烙印。

以干事为荣，就必须始终秉持"要干就干最好"的干事理念。要在脱贫攻坚、招商引资、城市建设等工作中，把标杆调高、把标尺卡严，坚决摒弃"差不多、还可以"的心态，让手头的每一件工作都能经得起检验，都能做到最好水平，成为别人学习的榜样。

以干事为荣，就必须牢固树立"要干就干第一"的价值追求。要敢于想别人不敢想的事，敢于干别人不敢干的事，多出一些新点子、新方法、新经验；要多问问自己和行业第一有多大差距，多想想怎样才能干到第一，永不停歇地"争第一、抢第一"。

干部干部，只有干事才叫干部，"不干，半点马克思主义也没有"。城市竞争宛如逆水行舟，不进则退，慢进也是退。我们要在习近平新时代中国特色社会主义思想的指引下，努力书写大西安追赶超越的恢宏篇章，就必须大兴干事文化，切实做到以干事为荣。

为政之道，贵在躬行，重在干事。全市各级各部门要牢牢把握"以干事为荣"这个风向标，紧盯干好事、干成事这个目标定位，认真履职、同频共振、同心实干，为大西安的美好未来，做出应有的贡献！

让大西安更具"国际范儿"

（二〇一七年十二月二十九日）

12月28日，市委十三届四次全会隆重召开。本次以研究部署国际化大都市建设为主要内容的大会，是深入学习贯彻党的十九大精神、奋力追赶超越的有力举措，吹响了加快大西安国际化进程的集结号，标志着西安由此迈上了推动城市国际化新突破的新征程，一个更具国际影响力、更具"国际范儿"的大西安正昂首走来！

找准大西安在"一带一路"中的作用和地位，主动融入"一带一路"大格局，全面建成引领"一带一路"、亚欧合作交流的国际化大都市，这是西安人民的共同心愿，是历史赋予的重大机遇，更是新时代给予的重大责任。

作为中华文明的根脉城市，西安不仅仅是陕西的西安、中国的西安，也是世界的西安。"漫漫五千年，最忆是长安。"西安的每一寸土地都浸透着厚重沧桑的文化气息，都沾染着"世界上第一座国际化大都市"开明开放的历史基因，从历史走向现实，从世界历史文化名城到全球创新之城、活力之城，国际化建设成为必由之路、必然选择。

特别是"一带一路"建设，将西安由改革开放的内陆腹地转为陆海内外联动、东西双向互济的全方位开放前沿，使西安国际化发展进入重要"窗口期"。我们要抓住用好这一重大机遇，牢牢树立全球化意识，顺应世界发展大势，尊重城市发展规律，更好促进西安加快培育国际经济合作和竞争新优势，在更大范围、更广领域和更高层次上参与国际合作与竞争。

我们要以国际化为主抓手，以世界一流的标准要求自己，以世界一流的气魄鼓舞自己，不断聚集要素、不断创新活力、不断提升内涵，在城市品质、产业发展、市场体系、文化交流、社会治理等方面，都能形成新突破、取得新成就，从而全面提升城市发展质量。

对标一流的国际化城市，西安还有很大差距，还有很长的路要走，但只要我们能够按照市委描绘的国际化建设宏伟蓝图，上下同欲、勠力同心，一步一个脚印，一下接着一下干，一个短板一个短板去补齐，就一定可以到达国际化的"胜利彼岸"。

站在历史与未来的交会点，大西安城市发展新征程的序幕已经拉开。全市各级各部门要在十九大精神的指引下，紧紧抓住国际化这个引领西安发展的"牛鼻子"，实干至上、砥砺前行，全面奏响追赶超越的时代凯歌！